黄土瑶

宋玉秀 著

山西出版传媒集团 北岳文艺出版社
BEIYUE LITERATURE & ART PUBLISHING HOUSE
·太原·

图书在版编目(CIP)数据

黄土瑶 / 宋玉秀著 .—太原：北岳文艺出版社，2021.1

ISBN 978-7-5378-6328-5

Ⅰ .①黄… Ⅱ .①宋… Ⅲ .①长篇小说—中国—当代 Ⅳ .① I247.5

中国版本图书馆 CIP 数据核字（2020）第 224316 号

黄土瑶

宋玉秀 / 著

//

出品人
赵瑞

策划
李建华

责任编辑
左树涛

书籍设计
张洪海

印装监制
郭勇

出版发行：山西出版传媒集团·北岳文艺出版社
地址：山西省太原市并州南路 57 号
邮编：030012
电话：0351-5628696（发行部） 0351-5628688（总编室）
传真：0351-5628680
经销商：新华书店
印刷装订：山西人民印刷有限责任公司
开本：787mm × 1092mm 1/32
字数：154 千字
印张：6
版次：2021 年 1 月第 1 版
印次：2021 年 1 月山西第 1 次印刷
书号：ISBN 978-7-5378-6328-5
定价：36.80 元

序：乡村的一朵奇葩

左树涛

刚开始拿到《黄土瑶》的时候，自己的心里是充满疑惑的，长篇小说对专业作家来说也是难以驾驭的，何况是年近八旬的乡村女作家。但是出于好奇，还是耐心地读了下去。

本书作者宋玉秀可以说，是一位乡村中的传奇女性。20世纪60年代初中毕业后，宋玉秀一边务农操持家务，一边进行文学创作。繁重的农家生活没有磨灭宋玉秀的文学梦，为她的文学创作提供了丰富的文学素材。在那个年代，有多少乡村女性被生活的重压磨灭了自己青春时的梦想，从此泯然众人矣；但又有多少农村女性不忘初心，为实现自己的梦想在孤独地坚持着。之所以能够成为乡村中的传奇女性，就在于宋玉秀没有向命运低头，付出了常人难以想象的努力。

《黄土瑶》是一部有着强烈的自传色彩的长篇小说。叶青松作为一位经历过“文革”、改革开放等一系列新中国成立后重大历史事件的乡村女性，她身上有着一股坚韧不拔的精神气质。荒唐的头婚，再婚的不幸，老年丧子，心腹背叛，仇人的设计陷害，等等，接二连三的打击没有毁灭她，相反铸就了她的坚强，凸显了她的坚韧。随着不断地深入阅读，我们发现叶青松身上的幸与不幸有着明显的时代印记。小说主人公叶青松与我们的作者是有着某些重合之处的。坚韧不拔的精神气质，创办工厂代领村民致富，等等，与我们的作者何其相似。正是因为有了许多这样不向命运低头的实干家，乡村才会显得生机勃勃。

诚然，《黄土瑶》并不能简单地等同于宋玉秀的个人传记，它有着浓厚的文学创作色彩。作者在不自觉地使用杂取种种，合成一个的人物塑造手法，把诸多的不幸、美好品质放在了一起合成了叶青松。叶青松既有着与众多乡村女性相互重合的地方，又有着不同于众多乡村女性的一抹亮色。作为一个自学成才的女作家，她可能没有意识到自己的文学创作在不自觉地体现着艺术真实。叶青松，这样的人物在我们身边很难见到，但是正因为稀少，才显得珍贵无比。她是多少乡村女性心中的理想人物呀。广袤的乡村大地，有了她们的点缀，才会迸发出无限的可能。

合上《黄土瑶》，自己的内心久久不能平静，数十年如一日，作者能够坚持自己的梦想努力前行，实属不易。宋玉秀之所以能够成为众多乡村女性当中的一朵奇葩，时代、机遇固然重要，但个人努力更是关键因素。

《黄土瑶》这部长篇小说所具有的这些特质，一定会使它在众多乡村题材的文学作品中绽放出自己的光彩。

2020 年11 月21 日下午

目　录

一　见缝下蛆

今天是周日，八月中旬，月亮正是既圆又亮的时候。

周大生的院子里热闹非凡，距朝阳公司住得最近的一伙子职工，趁着晚饭后出来溜达消食的工夫，全都拥到了周家院里。中秋节就要到了，朝阳公司有个惯例：但凡过节，公司不但给职工发米面油，还有鸡蛋粽子、消暑的白糖茶叶、擦汗的毛巾、汗衫、烧水用的电水壶、景德镇的茶壶和茶碗。冬季不仅给工人发保暖内衣、棉大衣，有时还发驼绒暖被。职工干劲足，公司效益好。有钱的日子好过，职工需要啥，公司就买啥。听说公司的效益又翻了一番，今年给职工发什么东西呢？

朝阳公司坐落的地方叫河源村。河源村地处涞水河上游的一个河谷里，两边不高却长的山脉，遥遥相对，中间是一里多宽的一片土地。这片土地上全是料角石，连同两边梯田似的山，都是不长庄稼只长杂草。一人高的草丛是野兔和狐狸的家园。二十世纪五六十年代还是人民公社的时候，这里属涞水公社管辖。涞水公社来了个叫孟飞的书记，看着这么长、这么宽的一个河谷荒着，突发奇想，让这个河谷尽尽所能，为公社生出一个金蛋子。公社干事王小穷自告奋勇，于是，涞水公社唯一一个小工厂就在这里诞生了，主要从事翻砂、铸造，人称涞水小机械厂。那时，从事这个行当的少，需求量大。小工厂的产品一度在国内很吃香，效益打着滚儿地向上翻。涞水小机械厂的工人，全是清一色的农民，大家都拿工分，一天十分工，一个劳动日。各生产大队都是靠地里那点收入分红。分红最高的大队，一个劳动日可分两毛钱，中游的分一毛多，最次的生产大队，一个劳动日才分几分钱的红。小机械厂的工人也拿工分，每人一天一个劳动日，但补贴多，按件数计算，平均每个工人一天可以拿到一块多。在小机械厂干一天等于在生产大队干十天还多。社员们眼红极了，纷纷托关系走后门，想进小机械厂的社员排成队。在小机械厂干的，想把家属带进来，家里没人在小机械厂干的，挤破脑袋，也要把家里人往进塞一个，期望家里有点活泛钱。孟飞书记趁机扩大规模，涞水小机械厂不断扩张，成了涞源县规模最大、效益最好的工厂。这里除了小机械厂，远近五六里没有一个村庄。小机械厂最红火的时候，曾有过五千多工人。距家近的，下了班回家；距家远的，来去不方便，工厂没处住，便就近搭个窝棚存身。三个砖头支个锅灶，为的是喝水吃饭方便。见状，孟飞突发奇想，弄来几台机械，工厂每户补贴两千元，划出一小块地方建房，锅灶全都有。一时间建房报名者如蜂拥，很快那里出现了一个小小的村庄。划分的一块块地方很快占完了，反正河谷里有的是地方，再推再平。小村庄渐渐变成了大村，因地处河谷，河谷又是涞水河发源地的一个支谷，孟飞给该村起名叫河源村。叫着叫着，河源村上了涞源县的地图，官方认证。工人居住区正式有了自己的名字。

小机械厂红火了多少年，它生产的三联水泵甚至成了国家名牌，河源村也由此身价倍增。一直到改革开放后，国家的经济政策全面放开，短短几年，节能的、价格便宜的、性能好的、小巧玲珑的各式水泵闪亮登场，把老态龙钟的三联挤到了墙角，直到关门大吉。曾经身份显赫的工人也四散离去，反正国家政策好，只要有点手艺，有点力气，到哪里也不愁一碗饭吃。三联水泵寿终正寝，小机械厂人烟稀少，成了一堆废墟。

不久，一个姓卫的人承包了小机械厂，他在那里成立了一个阳光纺织厂，纺织厂生产棉布。河源那些拖家带口出不了门的人，全都拥到了阳光纺织厂，由机械厂的工人变成了纺织厂的职工。棉布需求大，纺织厂红火了六七年。姓卫的是个仁义厚道之人，很重亲情。阳光纺织厂几乎全是他的七大姑八大姨，这些人各个都执掌着某一个小部门，形成了一个个环环相扣的权力链。阳光纺织厂从进原料到出成品，要过好几道关卡。届时，层层加码，使原料价格不断飙升。回款时，层层剥皮，就像一个枣，枣皮剥了，枣肉再一层一层地剥，到最后只剩下一个枣核。工厂再丰厚的利润也经不起这么折腾，不破产那真叫奇了怪了。阳光一破产，可苦了河源村这么多的工人。这时候，他们的身份已由农民变成了工人，户口也由农村转为城镇非农户。土地下放时，分土地自然没有他们的份。工人下了岗还不如农民，农民没钱花吧，至少还有粮食填肚子，而工人从锅上买到锅下。阳光破产后的那几年，可把工人们苦透了，盼星星盼月亮似的，做梦都想看着阳光能复活。当地政府出台了一系列招商引资的优惠政策，种了一棵棵梧桐树，苦等凤凰来。

两千零几年，古县化工厂老板王自强揭了“皇榜”，他的身后站着一位高个、健美的中年妇女。她的身体发育得很完美，穿的是眼下时髦的黑色西装，手提一个小小的坤包，跟着王自强，一步一步向招商局许局长走来。她圆润的臀，纤细的腰和细长的颈，把许局长看得心里直感慨，这一定是个泼辣、大胆、做事雷厉风行的女汉子。果然，她一开口就让许局长目瞪口呆。“你们涑源县不是招商引资吗？我想买断阳光纺纱厂，你们给什么优惠政策？”

自从古县招商局挂出招商引资的牌子以来，也曾来过几个揭榜人，他们大都是租赁，租赁后的条件，等于要古县政府出资重为他们建个新厂。古县是个穷县，一来没这么大财力，二来不知揭榜人有多大实力，所以，几轮谈判下来，都没了下文。

王自强老板向许局长介绍，这位女士叫叶青松，曹县人，我与她是在全省企业家协会上认识的。她是到口香花生油的老总，电视上、报纸上的到口香花生油，就是她的产品。

许局长问："既然您有那么大的公司，实力又那么强，为何千里迢迢从曹县来古县发展？"叶青松回答："我在纺织行业有几个朋友，看中了这个行业，阳光纺织厂地理位置好，我想在这里发展，怎么不欢迎？"

"欢迎、欢迎，热烈欢迎！不知道叶女士有何打算？"

"我想将阳光买断，这样，我就可以随心所欲地改造它、建设它。条件嘛，我保证一年之内投入生产，你们只要给我招商引资承诺的优惠条件即可。"

就这样，阳光纺织厂摇身一变，成了朝阳纺织品有限公司，变更伊始，王自强给她推荐了一个人，这人叫周杰，叶青松的老乡。

周杰的家在曹县城关镇，弟兄三人，他是老三，上大学期间，谈了一个女朋友叫周丽，周丽的家是古县河源村。周家就一个女儿，父母是小机械厂的建厂元老。她从小跟随父母在河源村长大，父母将她视为掌上明珠。周家父母离不开女儿，周丽也不忍心丢下父母远嫁他乡。和周杰谈朋友首要条件是他能入赘周家，改名换姓，为周家传宗接代。周杰原名杨杰，小名二子。在他谈婚论嫁之时，正是他父亲杨生旺处于人生最低谷的时候，不得不答应儿子，入赘周家，改名周杰。

周丽和周杰结婚时，正是赶上阳光纺织厂破产，周丽父母身体不好，周杰一进门，就担起了一家人吃喝拉撒睡的重担。周丽和周杰是大学生，小两口相跟着去外头打工，都有一份不错的工作。周丽很快怀孕了，十月临盆，产下一对双胞胎。父母给她带不了孩子，周丽只好辞去工作自己带。周杰放心不下妻儿老小，也辞去了工作，在阳光纺织厂上班。古县穷，工资待遇比外面差一半还多，再加上周丽没奶水，月工资的三分之二买了奶粉，家里常常捉襟见肘。周杰做梦都梦不到，自己福星高照，叶青松组建朝阳纺织品有限公司，第一个用的人就是他周杰。周杰负责注册登记、土地过户、资产评估，这资料那资料，说时一句话，做时一项项一件件，整个得一字一字地审查，逐条逐字地登记。过去用手写，如今用电脑，叶青松搞企业是把手，但玩电脑还是门外汉。周杰像玩儿似的，要什么材料，他从电脑上一查一调，要的材料准确无误地就出来了。阳光停产已五六年了，厂房塌了一个角，车间屋梁变了形，得找工程队修补。机器生了锈，得和生产厂家联系更新。公司院里杂草一尺多高，地面坑坑洼洼，成了兔子、野鸡的栖息地。银行要贷款，资产要抵押。总之，百废待兴，一切都要从头干起。叶青松再是女强人，毕竟已年过五十，有了周杰，如虎添翼，公司更新顺顺利利，原计划一年投产，半年时间就开工了。从此，周杰既是叶青松的秘书，又是她的司机，还是生活助手、事业的臂膀。叶青松待他像儿子，让他外出办事，装几万元的手提包交给他，随意支配。他和周丽连同怀中抱着的小宝贝、行走不便的二老，穿的戴的、吃的用的东西，几乎都是出自叶青松之手。公司职工称周杰是二老总、少当家的。

如今，中秋节在即，左邻右舍的职工纷纷打听过节发什么福利。

“嗨，二老总，今年八月十五公司发什么福利？”说话的是公司的清洁工老杜。

“惯例一箱苹果、一箱梨、月饼、葡萄和柑橘。”小丁是老杜的次子，爱吃水果，每过一个节单位发的水果够他吃两个月。

“其实呀——”接腔的是纺纱车间王大姐，她是车间年龄最大的，再有个三年两载就退休了，她现在最关心的是保健，“依我说，别发吃的东西了，一年逢节就发粽子、鸡蛋、米面油，这水果那干果，吃也吃不了，放久了就坏啦。咱今年改个调，一人发个电动洗脚盆，天天泡脚，一年到头不吃药。”

周丽坐在孩子旁，一边逗孩子，一边回答：“发什么不发什么是老总当家。周杰只是个跑腿传话的，他能当了家？”

“啧啧啧，别谦虚了，公司谁不知道周杰当一半的家，他说发啥，老总从来不打咯噔。”有人还要说话，周杰摆摆手，说：“以前老总在时，我当家也就当了，如今，她不在，尤其是还在医院，得等她发了话才能给大家发福利。”

“就是，就是，咱们咋就光想着过节发东西，没想去医院看看叶老总去。”

财务室的柳叶儿反驳道：“胡说，谁说咱没想看看她，北京那么远，咱说派几个代表去，给她打个电话，问哪个医院，她就是不说，更不让去。”

“嗨——”老杜关切地问，“她究竟哪不舒服？”

周杰说：“能哪不舒服？心呗。一年半的时间里，连失两位亲人，能舒服得了吗？”

“心病还得心药医。周杰，我看叶老总待你像亲儿子似的，你的话她能听进去，多开导开导她。”

“就是。”周丽爸坐个轮椅，吱扭吱扭地滑过来，“叶老总是天下第一好人，那年我犯了心脏病，她刚来，朝阳还没起步，一下子给我手术费十万元。她还说，将来富裕了，只还本钱，不计利息，她那是贷的贴息贷款。你说这样的好人哪里去找？”

“你以为自家的脸面多大呢，那是人家冲着咱杰儿的面子来的。”周丽妈笑骂着。

“就是，就是”。周丽爸说，“叶总是好人，如今摊上这样的事，我是怕她承受不住，厂子没人管再停产。”

周丽妈着急地站起来，冲老头嚷：“乌鸦嘴！乌鸦嘴！快吐，快吐，呸，呸，呸吐三口，咚咚咚跺三脚，连念三声放屁放屁放屁！冲冲晦气，你这人真是，阳光停产那几年，你受啥罪？现在跟朝阳享啥福？真是狗记性记吃不记打，这样咒人！”周丽妈骂完，呼呼喘粗气。

老杜连忙劝解：“周哥只是担心，没有咒的意思。”

柳叶儿附和说："就是。人哪生老病死是常事。只是叶总的爱人才六十岁，死得有点早；她那两个女婿儿，一死一伤，那是车祸，一点办法也没有。"

"好消息！好消息！大好大好的消息！"

朝阳纺织有限公司办公室主任周杰处理完手头的事情，正准备下班回家，王生洋猛不丁地闯了进来，边进门边兴奋地叫喊。王生洋其实是周杰的生父，周杰来到古县，便一直在朝阳的前身阳光纺织厂上班。随着阳光破产，朝阳的重组，他也随着阳光过渡到了朝阳，得到了老板叶青松赏识，当上了办公室主任。几年之前，穷困潦倒的父亲来投奔他，周杰没敢说他是自己父亲，只说是一个相处甚好的远方亲戚。叶老板看在他的面子上，收留了自称叫王生洋的人，并委以重任，让他跑业务。为避嫌，王生洋与周杰始终保持距离。他兢兢业业，工作认真负责。叶青松多次在职工大会上表扬他，给予重奖。今天，他破天荒地来到了周杰的办公室，神经质地笑着，仿佛得到了天大的宝贝，他见办公室内外都没人，索性拿起了父亲的架子："儿子，你知道吗？这次国家税务总局要查纺织行业的虚开虚抵，来咱们市执行任务的是省税务局稽查大队的队长段陆海，他是我的战友、换命兄弟。"

周杰不解地看着他，淡淡地说："税务检查每隔几年就来一次，例行公事，没有什么大惊小怪的。"

王生洋依然兴奋地叫嚷："这次可不能叫例行公事，我要他认真地查、彻底地查、查她个人仰马翻。她砸碎了我的金饭碗，我要让她将牢底坐穿！"

周杰莫名其妙地看着他。王生洋牙齿咬得咯咯响："我隐姓埋名，深受屈辱，连你是我亲生儿子的身份都不敢公布，时时夹着尾巴，处处小心，活得像一条狗。我忍辱负重，就是要报仇雪恨，这一天终于来了，我绝对不会对这个母夜叉心慈手软，我要将她彻底打倒，然后再踏上一脚，让她几辈子都翻不过身来。”王生洋只顾发狠地发泄着，抬头看到了儿子迷茫的目光，说：“你看看，你看看，我只顾自说自话了，还没有对你讲这事的来龙去脉。你爸当初也是一名威风八面的法官，虽说是个临时工，但只要有机会，一定可以转正，后来为什么落魄到来见你时的样子？我堂堂七尺男儿，大名鼎鼎杨生旺，怎么会变成了王生洋？在公共场合，都不敢让你叫我一声爸，甚至连儿媳妇都不敢让她认我这个公公。你不是不明白这其中原因吗，现在我告你说，都是那个土匪般的恶婆子害的。今天，我报仇雪恨的日子来了，儿子，你要好好配合爸爸哦。”

周杰仍一头迷雾，说：“爸，你说的那个恶婆子是谁？”

王生洋从牙缝中挤出几个字：“就是你们朝阳的老板叶青松。”

“她怎么了？自从你来到朝阳，她就把你由一个普通工人，提拔成业务员，待遇优厚，开支随意报销，你和她哪来的这么大仇恨？”

“儿子，你上大学时，爸是这个样吗？你看我，脸上这道疤痕把整个脸都扭曲得仿佛一个怪物，还瘸了一条腿，你爸我可是十分爱美，注意自己形象的人哦。”

“爸，你那不是车祸造成的吗？这与叶老板有什么关系？”

“好，你不是奇怪当初你将我引荐给她，她说咱们同是曹县老乡时，问我叫什么名字吗？我为什么说自己叫王生洋，目的就是不叫她知道我是谁，在她身边隐藏下来，一等等了五六年，等的就是报仇雪恨的这一天！”

“爸，你越说我越不明白，你和她究竟有什么深仇大恨，何须像特务似的又是隐姓埋名，又是报仇雪恨的？叶老板待咱不薄，不仅给咱工资优厚，还给了咱股份，咱应该知恩图报。”

“知恩图报？她待我再好，也难抵消我心头的仇恨，我现在变得人不人、鬼不鬼的，落魄得简直像叫花子。当初我找你时，连你都认不出我是你的亲生父亲。这一切，都是那个母夜叉造成的，我与她誓不两立。你不是不明白吗？我今天就把仇恨的根源告诉你。”

就在这时，朝阳公司的财务主管申娜进来了，王生洋正欲起身要走，申娜说：“王叔，别急，我给你买了件礼物，到处找不到你，原来你在这里。你看，这是块瑞士男士手表，喜欢吗？”

瑞士表样式别致，气派大方，王生洋当法院法官时，手上戴的就是这种表。后来，在他落魄时，手表被债主从腕上撸走了。他其实早就想再买一块这种牌子的手表，只是觉得他现在还不宜戴这种表。看到申娜手上的瑞士表，王生洋两眼生光，恨不得立刻拿过来戴在手上。就在这一刹那，他的脑子闪过了几个字，报仇雪恨。自从五年前他踏进朝阳公司，看到叶青松的那一刻，这几个字在他脑海中的分量，逐步加重。看到朝阳公司越来越红火，王生洋恨不得一把火烧了它。但他心里明白，这样做，只能使叶青松经济上受点损失。公司里到处是摄像头，安全措施做得滴水不漏。而自己等于引火烧身，会受到更大的屈辱。他强行按下了时时冲动的复仇欲望，寻找时机，不仅要她经济上遭受巨大损失，更要将她送进监狱，让她尝一下蒙受屈辱的滋味。要做到这一点，只有给她制造经济犯罪。五年来，一千多个日日夜夜，王生洋无时无刻不在寻找报复的机会。他不得不承认，这个母夜叉在搞事业上确实有一套，让朝阳纺纱厂的利润打着滚儿地向上翻。她又很会笼络人心，朝阳纺纱厂两千多个工人，个个让她驯服得像温顺的小猫，对她百依百顺，她吐口唾沫就是一个钉。上下组合得如一块铁板，连针也插不进去。然而，老天爷是最公平的，她事业上一帆风顺，家庭生活却屡遭不幸，先是她的爱人患癌症死亡，此后不到半年，她的两个女婿在一场车祸中一死一伤。叶青松没儿子，女儿便是她的掌上明珠。接连的不幸很快把叶青松击垮了。她高血压、糖尿病，伴随着心脏的毛病，将她搞得一个月有二十天在医院，无奈之际，她只得把朝阳的财政大权交给外甥女申娜。

申娜是个才走出大学校门没几年的大学生，她是学文科的，对财务管理一窍不通，又天生爱浪漫，给了有经济管理专长的杨生旺见缝下蛆的机会。朝阳的前身阳光纺织厂也曾经鼎盛过一段时间，由于家族内部的钩心斗角，使阳光很快走到了破产的境地。周杰招亲到古县之后，便和爱人周丽在阳光纺纱厂上班。阳光的破产让周杰一家走入了困境。周丽的父母都在阳光上班，夫妇双方下岗后，病魔缠身。周丽又生了一对双胞胎。周杰想外出打工，又舍不了家，一家人只好苦度光阴。叶青松买断阳光，重组朝阳，使周杰兴奋得几夜都睡不着觉。叶青松从曹县来到古县人生地不熟，且朝阳刚起步，举步艰难。她和周杰是曹县的老乡，又加上周杰嘴甜腿勤，很会来事，很快成了叶青松的心腹。公司大小事情，叶青松从来不瞒着周杰，有些事还放手让他去办。

那一年，周丽的父亲在省城做心脏支架手术，除公司报销外，叶青松一次给他十万，把周杰两口子感动得逢人就说，叶青松待公司员工，像老娘对自己的儿女。周杰念着叶青松的好，在她的丈夫和女婿去世时，周杰自始至终跑前跑后。叶青松待他好，他也像对亲人一样和她亲。申娜是叶青松的外甥女，周杰自然把她当亲人，生活上对她百般照顾。工作上，申娜不懂业务，父子二人几乎帮她干完了分内所有业务。申娜贪玩，乐得当个甩手掌柜。这为王生洋套牢叶青松提供了诸多方便。申娜不知不觉和王生洋为叶青松布好了一道道陷阱。她居然还对王生洋的“代劳”感激涕零，不时送礼物给他，今天又为他买了一块瑞士表。王生洋尽管很喜欢，想到自己精心设计的陷阱很快就要成功了。这个单纯，甚至有点幼稚的姑娘对这样的结局不知是该哭还是该笑。他有点于心不忍，连忙推辞道：“这块手表很好，我已经有了，你还是把它留着，送给你未来的爱人吧。”

申娜的脸不由得红了，她来公司这么长时间了，对周杰产生了深深的依恋，尽管她知道周杰有妻子，还有一对双胞胎儿女。但阻止不了她爱他。她愿意等，等到周杰离婚愿意接纳自己为止。她低下头，深情地瞟了周杰一眼，把王生洋推回来的瑞士表收起来，小声说："好，我收着，等到那一天，我一定会亲手把这一款表戴在他腕上。"

省国税局稽查队段陆海一行三人刚到古县，王生洋便以战友的名义，将他约在古县县城一农家菜饭庄的雅间里叙旧。叙谈中，段陆海问他为什么堂堂七尺男儿杨姓改为王。王生洋谎称自己是杨家的养子，两个亲哥英年早逝，亲生父母后继无人，征得养父母同意后，他才改回了原来的姓。又因一场车祸，将他毁了容。席间，他一再夸奖朝阳公司的生意多么红火，老板虽是个女的，却能力非凡。如今已是一个腰缠万贯的女富翁。在谈话中，王生洋有意无意地说她单虚开增值发票一项捞得比公司的利润还多。他的话果然奏效了，段陆海在部队时便对歪门邪道疾恶如仇，到了国税稽查队之后，对那些胆敢偷税漏税的绝不心慈手软。听后，他十分认真地追问了一句："真的？"

王生洋佯装醉酒，把朝阳给哪个公司虚开了多少发票，以及在收购棉花中的猫腻说了。说者有意，听者更上心。段陆海到本市稽查，总共四家纺织厂行业的公司，他们几个人只用了半个月便将除朝阳之外的三个公司的账查完了，这三家公司基本过关。朝阳是他稽查的最后一个公司。段陆海从军队转到地方这么多年了，仍改不了他的火暴脾气。王生洋的话刚落音，他便猛一拍桌子。桌子的酒杯跟着跳了几跳，滚到了地上。段陆海不管不顾，脸对着墙壁，发狠地说："竟有如此胆大妄为、损害国家利益的人。这回，看我怎么收拾她。我要让她零吃瓦渣，整屙砖头，把吃进去的全吐出来，连打带罚，让她吃几年牢饭，看她还敢不敢目无国法。"

段陆海的话，正是王生洋希望看到的结果。他觉得应给他再点一把火，段陆海认准的事别人越说越上劲。于是，王生洋赶快用手拍自己的嘴巴，连喊："乌鸦嘴！乌鸦嘴！兄弟，对不起，咱们大概有二十多年没见过面了吧？见到你，我十分高兴，口无遮拦，心里有啥嘴上说啥。对我刚才的话，你千万别当真。叶老板对我不错，这话要叫别人知道了，又该骂我吃里扒外了。她不仅给我的待遇优厚，还给我股份。兄弟，你要为这事整她，我简直无地可容了，求你了，高抬贵手，放了我们叶老板吧。”王生洋的话果然激起了段陆海骨子里的拗劲，只见他忽地站起来，指着王生洋说：“别叫我兄弟，我没你这样的朋友，对损坏国家利益的人不管不问，任她放任自流，你白白浪费了党对你那么多年的培养，竟然为犯罪分子说情，莫非你们同流合污？”

王生洋心中暗喜，却做出一副后悔莫及的可怜相，继续央求道：“段组长，好兄弟，我今生今世只求你一回。你千万千万得给我这个脸子，我跪下求你了。”段陆海看也不看他，拿起手机打电话：“喂，小王啊，我是陆海，现在，你和小陈赶快去朝阳纺纱公司，把电脑、账本一律扣押。”

二　申娜之死

王生洋的一句话，让申娜整整一夜都未合眼。

申娜是叶青松前夫丁毛兰的姐姐的女儿。

申娜今年已三十二岁了，在上大学期间，谈过一个男朋友，毕业后两人正要结婚，男朋友出车祸死了。男朋友死了，把申娜的魂儿也勾走了。此后也谈过几个，因她觉得各个都不如前男友而告终。一晃，申娜步入了老姑娘行列。她走进朝阳，第一眼看到的是舅妈让去车站接自己的周杰。看到周杰，她的眼睛一下子直了。周杰和前男友简直是一个模子里刻出来的，连对她的照顾也像前男友那么细致入微。这让申娜不由想入非非。舅妈让她管财务，她对账本儿上的东西一窍不通，心思也不在那上面。财务上一有事，她先找周杰。周杰对此也是外行，王生洋毛遂自荐，很乐意为申娜效劳。申娜求之不得，干脆把财务上的事全部推给他。周杰是公司的办公室主任，申娜是财务上的总管，两个办公室只隔一个房间，申娜有事没事总往办公室跑，这次搞两张市明星演出的邀请票，和周杰一起观看，那次弄两张旅游券。周杰心里虽不乐意，但碍于叶总的面子，硬着头皮答应。申娜乐此不疲，搞了这次搞那次。周杰实在没办法，只好把票给了手下人，让他们陪她去，希望申娜有自知之明，不要再耍这样的小聪明。但申娜一点也不知道收敛，反而越来越出格。有一次，她非要周杰陪她去购物。原来，她预先订购的是一枚订婚钻戒，她拿出戒指，非要周杰当着众人的面，向她跪地求爱。周杰说自己已有老婆，还有一对双胞胎儿女，无法接受她的爱。申娜早已成竹在胸，进一步说，我知道你有老婆孩子，我能等，等到你离婚的那一天。周杰斩钉截铁地说：“申娜，我今日明明白白告诉你，你是一个好姑娘，还是找一个自己喜欢的、他也喜欢你的人吧。我和周丽是患难夫妻，永远都不会离婚的。”申娜一步也不退让：“离不离婚是你的事，爱不爱你是我的事。我今日也明明白白告诉你，即使你一辈子不离婚，也阻挡不住我爱你，谁叫你和我前男友长得一模一样，连关心我的方式也一样。”

周杰无可奈何地叹口气：“我对你好，是因为你是叶总的外甥女。叶总待我像亲儿子，爱屋及乌，你是她的亲人也是我的亲人。”

申娜收起钻戒，一本正经地说：“你知道报恩就好。咱现在订不订婚无所谓，反正我这一生是跟定你了。”

周杰问：“那你就心甘情愿做人情妇，一辈子连个名分也没有？”

“名分是什么东西？只要我真心爱你，你真心喜欢我，我才不在乎一个什么狗屁名分。”

周杰没办法，对申娜能躲则躲，反正她找自己的唯一借口就是财务的事。周杰也找借口，说办公室忙走不开，反正我对财务也一窍不通，真要忙不过，那就让王生洋来给你帮忙。周杰和王生洋的关系，他在公司牙缝没露，连申娜都只知道他们是老乡。

王生洋瞌睡，恰巧递过来一个枕头，他几乎包揽了朝阳公司有关财务的所有事情，为套牢叶青松系好了绳索。

申娜一点也不灰心丧气，变着法儿地讨好他们。她不知他们的真实关系，以为他们是无话不谈的老乡，有这一层关系就够了。只要王生洋认可自己，然后让他去做周杰的工作。反正人不亲土亲哩，周杰事事都听王生洋的，这事也肯定会听他的。

申娜又给王生洋买了块瑞士表。王生洋说要她把手表送自己未来的爱人，这么说的意思不是明确告诉他，他已认可了她，让她把手表送给周杰，他们的婚姻是水到渠成的事吗？申娜把手表盒装进一个手提袋里，又往上喷了些香水儿保存起来。今天，她精心细致地把自己打扮了一番，去办公室找周杰。周杰不在，通讯员说他出去了，好像是去一个叫玫瑰香的茶吧，陪什么人喝茶了。

玫瑰香是情人坊的一个雅间。情人坊集吃、住、娱乐为一体的五星级宾馆，距离县城十里地，环境优雅、僻静，饭菜味道可口。许多人谈情说爱、洽谈生意、朋友聚餐等都到那里。申娜随舅妈、周杰等人没少去那里和客户谈生意。今天，周杰和王生洋单独到那里，申娜知道他们，绝不是专为了喝茶，肯定有什么事情要商量，是什么事呢？她通过这么长时间与王生洋相处，她觉得王生洋是喜欢自己的，否则，他就不会那么任劳任怨地替自己干分内的活儿。昨天她给他的瑞士表他没要，说让她给自己未来的爱人。这说明在自己和周杰的关系上，他有了态度。他不止一次地在申娜面前流露出对周杰媳妇周丽的不满，对自己的认可。想到这里，申娜脸红了，她回房间把瑞士表带上，今天，她要当着王生洋的面，亲自把手表戴在周杰的腕上。

申娜是情人坊的常客，那个玫瑰香雅间包给了朝阳。公司不管和哪个客户签订销售合同，还是上级哪个领导来视察工作，都在玫瑰香雅间。申娜对这里熟，雅间只要把门一关，里面无论谈什么，做什么，外面人看不见也听不着。但雅间的角落里有一个小门，小门旁边也有个房间，外面看不出来，但雅间的声音房间里却能听得一清二楚。王生洋成天说把申娜当女儿待的，申娜心里明白，他是在暗示已从心里接纳了自己。只要周杰和媳妇一离婚，她就是他的准媳妇。她今天就是要亲耳听听，王生洋是怎么做老乡工作的。

里面的谈话已接近尾声，只听周杰带着哭腔说："爸，你不能这样做。叶总确实是个好人，那年，周丽爸做手术，她一出手就给了我十万。平常，她把我当儿子对待，我觉得咱这样做太亏了良心。"申娜吃了一惊，他们不是老乡吗，怎么又成了父子？申娜想：他们在玩什么鬼把戏？只听里面的人又说话了：“咱亏良心？要不是她，我怎么会被赶出司法队伍？要不是她，我这么会落魄到如此地步？我说过，她打碎了我的金饭碗，我要让她将牢底坐穿。”

“爸，叶总她这两年连遭不幸，先是死了丈夫，后又死了女婿，她如今常年在医院，咱这样做别人会骂咱落井下石。况且……财务上的账都是你帮申娜做的，你成天说，你把她当女儿待，这不把申娜活活害了？”

窗帘后的申娜不知道他父子此前谈了些什么，但她知道这个王生洋是要害舅妈的，听到财务的账，便不由得浑身哆嗦，她拼命咬紧牙关，听他父子下面说什么。王生洋尖厉地叫喊：“我把她当孩子？那怪她蠢！我告你说，这回财务上涉及金额好几千万，这是重大经济犯罪，那母夜叉不判死刑也是无期。至于这个蠢丫头，至少也得十年以上。”

申娜如雷轰顶，精神一下崩溃了，脑子一片空白，浑身软绵绵的仿佛一团面条咕咚瘫倒在地。王生洋和周杰听到响声，推开小门一看：申娜脸色苍白，嘴唇不住哆嗦，泪水像断了线的珠子，顺着脸颊把连衣裙前胸打湿一大片。周杰一脸惭愧地弯腰拉她，申娜哆哆嗦嗦从嘴唇中蹦出几个字：“别碰我！”转脸对王生洋说：“我舅妈待你不薄，你怎么好意思害她。”

王生洋知道她听到了他们的谈话，不由冷冷一笑：“哼！猫哭耗子假慈悲，捅了我一刀，又给我嘴里塞块糖，她当别人是傻瓜。”

“那我一直把你当自己父亲，你怎么忍心利用我？”

“利用你？那怪你自己太傻，你要精明点儿，我能利用得了你吗？你要把梳妆打扮的心思用在了财务上，我有机会吗？”

周杰又弯腰扶申娜，申娜狠狠地把那双手推开了。

就在这时，周杰的手机响了，他按下接听键，从里面传来了一个男人浑厚的声音：“你是朝阳纺织公司办公室主任周杰吧？我是省国税稽查队队长段陆海，奉命来你公司查虚开虚抵。我现在在你公司财务室，准备把你公司的来往账目和电脑一起扣押，你赶快回来吧。”

王生洋得意扬扬地说：“看，行动起来了吧，希望你好好配合。”

周杰没作声，朝外喊了一声：“服务员！”

一个年轻姑娘立刻来到了他面前：“请问，有什么吩咐？”

“小丁，这是我们公司财务主管，她有点不舒服，你把她扶进房间，给她倒点水，让她安静躺一会，别打搅她。”周杰吩咐完，转身朝外走，走到门口又停住了脚，转身来到申娜面前，讨好地说：“对不起，公司事多，处理完了后，我再给你解释。”

“好的。”说罢，小丁搀扶着申娜进了房间，扶她躺在床上，给她在茶几上放了杯水，转身走出去了。

申娜躺在床上，两眼死死盯着天花板：完了完了，自己这一生算完了。自己完不要紧，关键的是舅妈，自己幼年失父母，一岁开始跟着舅舅，舅舅和舅妈离婚，可舅妈不嫌弃自己，把自己当女儿养，供自己大学毕业，来公司委自己以重任。可自己被王生洋那个老狐狸利用了，好几千万的假账，这是重大经济犯罪。“那母夜叉不判死刑，也是无期。”王生洋这句话像重锤敲击着她的心，她万念俱灰，精神完全崩溃了：舅妈要死了，自己还得被关进去吃牢饭，害人又害己，还有什么颜面活在人世。一刹那，她翻身坐起来，跪在床上，面向北京，舅妈住院的方向，连叩三个头，嘴里念念有词：“舅妈，对不起！”转身，把床头柜上的水一饮而尽，把杯子在柜边上一磕，玻璃杯立刻碎了，她拿起一玻璃碴向自己腕动脉刺去。立刻，鲜红的血液洒在了白色的床单上，像点点滴滴的泪痕，又仿佛一朵朵鲜花。她蘸着自己血液在床单上写道：“我错了，舅妈，对不起！”下面她还想再写，但只写了“你对”，便已头晕眼花，倒在了床上。

三　无头苍蝇

小车载着王生洋和周杰风驰电掣般向朝阳公司返。杨生旺讲起了自己早年的遭遇。

那年，王生洋，不，那时，他还叫杨生旺，因为是一名退役军人，又有点才干，法院当时缺人手，便被招去做临时工。组织上答应，只要表现好，将来就可以转正。他被招进去后，就在曹县法院担任经济庭的庭长，中午正要下班之时，他内弟大江的媳妇来了，说大江被个体户小蛋儿的摩托车撞了，大江腿骨折，要姐夫到现场去看看。负责这次交通事故的恰巧是杨生旺的一个朋友，两人商量了一下，要小蛋儿拿八万元现金算对大江的赔偿。小蛋儿不服，说责任不是自己的，并和交警发生冲突，拒不出钱。案件被移送到法院，本来立案的是民事庭，杨生旺动用各种关系，案件调到了经济庭，由他当主审法官，判小蛋儿有期徒刑二年，罚款二万，赔偿大江八万。小蛋儿不服，刑满释放后，到处上访告状，历时三年无果。

当时，叶青松是曹县人大代表，小蛋儿找她哭诉委屈。叶青松便和几位人大代表调阅案卷，实地调查案情，又走访了当时的目击者，得出的结果是，小蛋儿骑摩托是等红灯过后再走的，大江喝多了酒，欲闯红灯，结果撞在了小蛋儿的摩托车上，致使骨折。叶青松和几位人大代表跟踪监督此案，并要求限期整改。这事拖了一年，来年春上召开曹县人民代表大会。法院的工作报告在通过决议草案时，叶青松首先与跟踪此案的代表举手反对，她对全县三百多名人大代表说：“代表同志们，大家都知道法院代表着公平正义，法官是判断是非主持公道之人。一起简单的撞车案，有目击证人，有现场摄像，为何小蛋儿喊冤三年无果，这里头仅仅因为当事人是咱们法院的亲戚。我们几位代表因为此案跟踪监督了半年，至今仍是原官旧帽子。法院的工作报告只拣好听的说，对此案整改的意见只字未提。所以，我反对通过此报告。”她的话刚落音，这个喊：我也反对，那个叫：这个报告决不能通过。三百多名人大代表有一多半举手不通过。这下炸了锅，人民代表大会的会议上，首次对法院报告持反对意见。主管法院工作的领导连夜召开全院会议，调阅小蛋儿的交通事故案卷，又拿来叶青松几位代表的跟踪调查意见书，一致做出了将杨生旺清理出司法队伍的决定，重新审理小蛋儿的案件，给小蛋儿以公道。会议延长了二天，法院重新做了工作报告。当天下午，小蛋儿突然闯入会场，面对主席台上主席团成员和代表长跪不起，直呼：“人民代表人民选，人民代表为人民，人民代表万岁！”

那几天，是杨生旺生命中最黑暗的日子，在众目睽睽之下，背着的自己的行李灰溜溜地走出了法院，心里恨不得要把叶青松一口吞下去。至此，杨生旺闭门不出，整整在家待了两个月。他有三个儿子，长子杨森刚刚娶了媳妇，对父亲被清理出司法队伍的事，气愤至极，怨他做事欠思量，羞于和他一起生活，另起锅灶。二子杨杰，也就是招亲到古县的周杰，刚刚上大学，三子杨根正上高中。杨生旺再怨再恨也要生活，为了赚一家人的生活费，他带上所有的积蓄和人卖水果，结果赔得血本无归，还搭上了夫人的性命。杨生旺借酒消愁，骑摩托车撞在电线杆上，撞得面目全非。他把这一切全归罪于叶青松，要不是她，自己坐在办公室，工资不少拿，外快不少捞，何以落魄到如此不堪的局面呢？

杨生旺把自己肚里的苦水，一股脑儿倒给了二儿子。周杰首次听到父亲给他讲坎坷的人生，心里五味杂陈。既怨恨父亲做事太明目张胆，又替他抱不平，怨叶青松呢太缺少人情味儿，就算父亲再不对，可以批评教育，可以给他处分，惩罚他办法很多，何必弄到人代会上，将他赶尽杀绝。

自从叶青松来到古县，重新整治组合朝阳公司，周杰始终跟着她，既是她的秘书、司机，又是办公室主任，还照顾她的生活。她做事从来不背着他，把他视为心腹，视为自己的儿子，凡事放心让他去办，他家的困难就是她的困难。周杰人面上称她叶总，私下却称她干妈，对她的敬重胜过了当年对自己的母亲。父亲的一番话，让他重新审视叶青松，觉得她泼辣果断，搞事业有一套独特的绝技，与人相处又乐善好施。公司的员工，哪个家里有了难事，叶总都是第一时间赶到，慷慨解囊，对他们像对待自己的亲人。周杰曾不止一次在人前说，我们的叶总啊，那是世界上最好的人。可如今，亲生父亲一把鼻涕一把泪地控诉她“残害”自己的罪状后，他虽对叶青松恨不起来，但从内心对她有了看法。父亲尽管有错，但你无论如何不该在人代会上当着那么多参会代表的面，逼他走向绝境。父亲要报仇雪恨，完全在情理之中。那么现在，自己该站在哪一头，站在叶总这一边，还是父亲那一边？周杰想到此处，抬头认真看了一眼坐在旁边脸上被一道道伤疤扭曲得变了形的父亲，想起上中学时，因为家里穷，父母宁愿自己吃糠咽菜，也要把家里不多的白面掺上一点玉茭面，蒸成馍，让他兄弟背上去上学，说他们正长骨头长肉，不能挨饿。父亲千不对万不好，外人也不能欺负他。即使你叶总在我心目中是最好的人，也得让你接受一点把人赶尽杀绝，兔子急了也咬人的教训。但他绝对不赞同父亲的观点：你打碎了我的金饭碗，我要让你将牢底坐穿。毕竟错的一方在父亲，而且，即使财务账上有错，也是父亲不义之举，利用了申娜的单纯和无知，这对叶青松和申娜都不公平，自己良心上也过不去。

周杰正在胡思乱想，小车吱的一声停在了公司大门口，院里已经站了好多工人，看见老总的车回来了，纷纷让开道。周杰不愿让人看见自己和父亲同乘老总的车回来，把车开到后院。随即又低声对父亲说，你先下车，我去处理。周杰拉开车门，一边下车一边明知故问："这么多的人围在这干吗？"

公司的出纳柳叶儿，慌慌忙忙走过来，低声对周杰说："不好了，出大事啦，稽查队要抱走公司所有的账本和电脑。叶总不在，申娜也不见人，这可如何是好？"大家把视线全部都投到了周杰身上。段陆海一步向前，和周杰握了一下手，说："请问，你是公司负责人？"

周杰摇头："我只是公司办公室主任，公司负责人是我们的叶青松叶老总。"

"你老总呢？"

"老总有病，外出看病去了。"

"那你办公室主任也行，回头给你老总说一声，我们是省国税局稽查队的，我是队长，叫段陆海，国家总局要在全国纺织行业，查虚开虚抵，你们公司的电脑，账本全部要清查。"

"多长时间？"

"没准儿，如果你们公司没问题，我们过下账就给你送回来了，如果有问题，那就对不起了。"

电脑和账本刚被抱走，情人坊那里打来电话，周杰接电话："什么事？"

那边火急火燎地喊："快点过来，你们公司财务主管申娜在我们这里割腕自杀了。"

周杰一下子愣住了："怎么会？那么开朗的姑娘怎么会割腕自杀，该不会是他、他杀吧？"

"不管是他杀还是自杀，公安局的人已经过来了，他们正在侦查，你还是过来再说吧。"

周杰傻了似的，不能接受申娜已经死了的消息。说心里话，申娜是个好姑娘，如果不是自己已经结婚生子，自己一定会和她结婚的。可是她死了，她怎么会死？周杰一下子想到他们离开情人坊时的情景，是啊，叶总待我不薄，我怎好意思害她。周杰像一头困兽，在原地转了一个圈儿。朝回走了几步，不行，他得去找父亲，收手吧，过去就算她对不起你，那也是你有错在先。可他走了两步，又扭回了头，既然他已预谋好了，利用申娜的幼稚为叶总设好了套子，稽查队已将证据带走，此时收手也为时已晚，那就先去看看申娜。这个可怜的姑娘，她不该死，不该在这场报复行动刚开始时就送了命。谁对谁错，谁胜谁败，她都是无辜的，不该搭上自己性命。

王生洋也知道了申娜死亡的消息，最初他的心也颤抖了好一会。说实话，他喜欢这个心地善良单纯的姑娘，知道她一心一意想当周杰的媳妇，对自己总有一种讨好的味道。自己正是利用了这一点，才为叶青松设置好了一个连环套。任她这次有天大的本事，也飞不出这个网去。如今，网已编织好了，这个始终蒙在鼓里的无辜的姑娘却死了，王生洋心里有了些许愧疚，但随即又坦然了，死无对证，那些自己替她做的账目，不是她做的，也成了她做的。

这时，纺纱车间与成品车间的李主任与刘主任恰巧过来了，王生洋赶快迎了上去，搭讪道："二位主任这是要去哪里？"

李主任首先说："嗨，稽查队抱走了账本和电脑，没有这些东西，厂子还怎么生产，我们去看看怎么回事？"

王生洋从鼻孔深处哼了一声，说："这次的事可闹大发了，咱们的叶总那么精明的一个人，怎么会指使自己的外甥女虚开增值发票，好几千万，她拿着偷税得来的税款收买人心。她外甥女感到事体重大，这不刚刚把账目电脑抱走，就畏罪自杀了。"

刘主任知道王生洋是叶总身边的人，也是最知底细的人，这消息肯定准确，不由地唏嘘："嗨，事情闹到这个地步，那公司怎么办？"

王生洋摊开双手做无可奈何之状："能怎么办？树倒猢狲散，各人顾各人呗。我听说啊，”王生洋故作神秘地凑近两个人，压低声音说：“我听一个客户说，叶总这次可是在劫难逃，她欠客户的钱，客户已经拉走公司的棉纱了。”

“真的？”刘主任成天只知道带领工人在车间干活，并不知道客户拉棉纱是很正常的买卖行为，不由紧张地问，“那我们这个月的工资还没发，这会不会泡汤啊？”

“难说。”王生洋一边说着一边走，“反正，公司刚刚拉来一车棉花，周杰已让它卸在了别处。公司明显就要垮了，这车棉花刚好能顶办公室几个人的这月工资。”

“棉花能抵工资？老李，你车间有的是棉纱，我车间有的是棉花，办公室能以棉花抵工资，我们为什么不能？”

王生洋说：“嗨，咱先说明白了，我把你俩当哥们，只不过给你透了点实话而已，到时候别把老师卖出去啊，各人的事情各人负责。”

刘主任也不再搭理他，拉了李主任，说：“快走，组织工人分些棉花棉纱。到时，她把工资发了，咱把东西给她交回来，发不了，就以这些东西抵工资得了。”

李主任拖着不走，说：“老刘，咱还是打听清楚了，这样做不等于哄抢吗？”

刘主任赌气说：“好，那你打听吧，反正我这车间里，一人一百斤棉花，捞住一头算一头。”

工夫不大，各个车间生产都停止了，分棉花、分棉纱的乱作一团。工人们像一群无头苍蝇，飞过来飞过去，不知该落到何处。

四　封锁消息

公安局已验尸完毕。申娜静静地躺在床上，像睡着了一般，手腕上有条半指长的口子，身边床上有摊血也已凝固，一条手指粗的血印一头连着手腕上的口子，一头连着那摊血迹。茶杯的碎片散乱地扔在地上，屋内没有任何打斗的痕迹。服务员说，一直到我们换班走时，才来到申娜住的房间，敲了敲门，里面没反应。服务员以为她走了，打开房门一看，申娜的尸体已经僵硬了。服务员证实，自申娜走进这个房间，七个多小时，没有任何人进过这个房间。公安局验尸认定，申娜是自杀。可她为什么自杀，而又偏偏来到了情人坊自杀？服务员摇头说："不知道，这个玫瑰香雅间是朝阳公司长期承租的一个房间，公司要招待什么客户，或和哪个客户谈生意，都到这里来。今天，没什么客户，只朝阳公司的两个人来过。他们谈话时而高声，时而低语。在他们谈话尾声时，死的这个姑娘来了，她来没直接进房间，而是站在门外听。最后，她进去了。我听到雅间里有过一阵争吵。吵过之后，那两个男人走了。走时，那个年轻人吩咐我把这个姑娘扶进房间休息，后来就发生了她自杀的事儿。"

公安局来验尸的总共三人，一个叫小陈，一个叫小王，另个是老刘，老刘问："他们三人争吵时，你一句都没听清吗？"

服务员摇头。

"那两个男人，你认识他们吗？"

服务员说："那个年轻的，经常陪他们老总来和客户谈生意，好像是朝阳公司的什么主任，我听客户称他为周主任。那个上岁数的满脸伤疤，以前从没见他来过，这次是第一次来。"

"你刚才说那个周主任，知道他叫什么名字吗？"

"不知道，我们情人坊有规定，服务员只管服务，不得打听服务以外的事情。不过，那个周主任经常打电话订餐，我们服务部有他的电话号码。"

公安局用这个电话打过去，周杰很快就来了。

老刘问："你叫什么名字？"

"周杰。"

"请说出你的工作单位，籍贯，年龄，职务。"

"我是朝阳公司办公室主任，家在离公司三里开外的朝阳沟，现年三十四岁，自朝阳公司创建，一直在公司工作。"

"你今天什么时间，去了什么地方，办什么事？"

周杰愣了一下，他不愿意让人知道今天自己和父亲来过这里，更不愿意让人知道他们之间的谈话内容。可服务员是证据，他不愿意说也不行，便说："我今天早上八点来情人坊，主要是想整理一下上次和客户谈判的条款，公司员工王生洋因我家里有事来找我。"

"还有人找你吗？"

"有"周杰说话声音软软的，"就是死的这个姑娘。"

"她叫什么名字，是你什么人？"

"她叫申娜，是朝阳公司的财务主管。"

"她来找你干什么？"

"她要上次的客户谈判条款。"

"那你们为什么争吵？"

"没吵，没吵，我们说话嗓门高，就好像吵架似的。"

老刘直勾勾盯着周杰的眼睛，盯得周杰心里像塞了一只刺猬。"既是她来要客户谈判条款的，你们为什么不相跟走？她又为什么割腕自杀？”

“公司临时有事打电话让我回去。她说她累了，想在这歇会儿。至于她为什么割腕自杀，我真的不知道。”周杰说着，一头一脸的汗水。

老刘立刻扭转了话题，说：“她家里都有什么人，马上通知她的亲属来处理善后事情。”

“不行、不行，”周杰连连摆手，“申娜家是曹县的，她跟她舅妈，也就是我们叶老总来到了这里。叶总有严重的高血压，正在京城住院。马上通知她，恐怕她一时受不了。领导，你看这样行不行，咱们现在先把申娜放在停尸房，封锁消息，公司马上派人去医院，慢慢地把这消息透给她，你说行吗？”

老刘想了想，点头说：“那好吧。”

周杰这就把自己媳妇周丽叫来，让她上街给申娜买衣服，衣服挑好的买。周丽很乐意办这件事，她知道申娜一直追周杰，虽然周杰发誓赌咒，说只爱她一个，但男人心，谁能猜得透。现在好了，申娜一死，她再也没有了后顾之忧了。只一刻的工夫，她买好了衣服，和服务员给她穿戴好了，送进停尸房。

周杰忙完，立刻赶回公司。各个车间的轰鸣声没有了，公司一片狼藉，这里滚一团棉花，那里掉一卷棉纱，几个车间连人影也没有了。门口两个保安靠在椅背上打盹。

周杰惊奇地一边走一边嘴里咕噜：“怎么能这样？好好的车间，怎么就好像土匪洗劫了似的？”

“二子！”王生洋好像从地下冒出来，叫着周杰的小名儿，站在了周杰面前。周杰四下观看了一下，奇怪地问：“爸，那么多的工人都上哪去了，公司怎么变成这个样？”

王生洋洋洋得意地说：“稽查队抱走了账本儿，大家一听说老总有重大经济犯罪嫌疑，树倒猢狲散，工人们还不四散离去，自寻活路！”

“爸，叶总的问题还没落实，你别过早地给她下结论。”

“她的问题还用落实吗？经济犯罪那是板上钉钉的事儿，就看到时判她死刑还是无期。”

“爸，得饶人处且饶人，申娜已经自杀了，你还抓住人家不放。”

“什么，申娜死了，什么时候死的？”

“咱从情人坊走后，服务员扶她到房间休息，她摔破玻璃杯，拿碎片割断了自己手腕的动脉，失血过多死亡。”

王生洋沉默片刻，嘿嘿一声冷笑：“死得好！她一死，我什么后顾之忧都没有了，可以全心全意整治这个母夜叉了。”

“爸，你知道不知道你现在在干什么？你这样做，非把这个公司整垮不可。”

王生洋生气地转过身，质问道：“你究竟是我的儿，还是她的儿？我告你说，套她的账，我已做好了。申娜死了，稽查队现已进入，我现在是骑在虎背上，想下都下不来了，那就索性干到底。你有想法，想反对我也不怕，到时，你可别弄得自己猪八戒照镜子里外不是人。”说完，掉头而去。

周杰站在原地，转了好几个圈儿，才悻悻地朝办公室走去。

父子二人的谈话，被在车间收拾东西的周强听得一清二楚，并用手机录了音。

周强是周丽的堂哥，父母都是阳光纺纱厂的职工。阳光停产，他们靠做小生意糊口。自从叶青松买断了阳光，他的父母才办了退休手续。每月能在劳动保险所领一份退休金，虽数额不是太多，足够维持生活。周强在阳光是纺纱车间的技术员，在朝阳公司依然是纺纱车间的技术员，他目睹了阳光纺纱厂从鼎盛到破产的全过程。

阳光纺纱厂的老总姓卫，他的七大姑八大姨都是阳光纺纱厂重要岗位的负责人，他们一个比一个手伸得长，一个比一个心黑。公司从市场买一把五块钱的扫帚，送到车间使用时变成了五十块钱。从棉农手里购买三元一斤的棉花，到公司变成了二十块。一来二去，最终导致了阳光的破产。叶青松重组朝阳，经济效益打着滚儿地向上翻，工人不仅拿不菲的工资，奖金也很可观。周杰是招亲招到周家的，他嘴甜、手勤、腿勤，且又大学毕业，电脑那洋玩意在他手里玩得团团转。如今电脑是公司经营必不可少的东西，叶总虽在经营上是把手，但她对电脑似乎很生疏。公司要运作，她离不开周杰这样的人，而且他们是老乡，公司的人谁都看得出，他是叶总的心腹、知己。对于这些，周强虽眼红，却不嫉妒。谁叫自己只是个初中都没毕业，只能在车间围着机器团团转的技术员呢？可自从王生洋来到这里，周强就觉得不对劲。王生洋被安排到公司当业务员，说是业务员，周杰明里暗里地照顾他，周强明显感觉他们的关系不仅仅是老乡。

自从申娜来到公司，周杰和王生洋立刻与她打得火热。申娜是财务主管，但她其实是个傀儡，凡事都离不开王生洋，工人们私下都说申娜要对王生洋早请示晚汇报，明眼人都能看出来王生洋才是财务工作的掌控人。周强终于理出了自己感觉不对劲的地方。阳光纺织厂当初的财务主管是卫总的妹子，实际掌控人却是他的妹夫，财务室是公司的要害部门，要害部门出了问题，公司不破产才奇了怪了。如今，朝阳和阳光在关键问题上如出一辙，再加上叶总近两年丈夫患病，她也身体不好，很少来公司，这样一来，她老总的位子就形同虚设。旁观者清，阳光是因为亏损太严重而破产。朝阳则因为心怀不轨的人掌控了关键要害部门，架空整垮叶总的目的显而易见。周强早就想把自己的想法对叶总讲讲，但他去她办公室去了好几次，她总是不在。有两次是周杰在，他无法讲。有两次是他鼓不起足够的勇气对她讲。现在，现实已将他逼到黄河沿上了，不讲不行啦。周强决定把父子二人的对话录音放给叶总听。看她和王生洋究竟有什么过节，让他私下里这么恨她，这么想把她置于死地。

五　周强进京

周强回到家，把自己的想法一股脑儿说给媳妇王苹。王苹惊呼："哎哟嗨，这么像侦探小说，连父子关系都要掩盖，连自己的媳妇都骗。再说了，平时叶总对周杰像对自己儿子那么好，他怎么这么没良心。"

"不是周杰，是他父亲设套子套叶总。"

"那还不一样吗？父子再意见不合，到关键时，他还是站在他父亲那一边。人常说，知己害的知己人。周杰成天像叶总的跟屁虫似的，叶总的事没有他不知道的，他害她一害一个准儿。"

"我也这么想的，申娜的死，没准儿跟这件事有关系。可他们连这个消息都封锁住，不让叶总知道。叶总现在还在鼓里蒙着，咱得给她透个信儿，免得到头来措手不及。反正已经停产了，我明天就去北京一趟。"

"你再想想，这事你没证据，况且，周丽是你堂妹，如果将来坐实了这件事不是你说的那样，周丽又该怪你。"

"不行，我得说。不说将来公司出了事，破产啦，这么些工人喝西北风去。阳光已破了一次，不能叫朝阳再破一次。叶总听说在北京看病，我去找她，把这事跟她说道说道，害人之心不可有，防人之心不可无，给她打打预防针。叶总那么精明的人，不会不明白这个理儿吧。这医院我非去不可。"

"哪个医院？"

“不知道。”

“哪个医院你都不知道，北京那么大，医院那么多，去哪儿找？最好先给她打个电话。”

“我从来没有跟叶总打过电话，我怎么能找到她的电话？”

“问呀！”

“问谁去？公司经常和老总联系的只有周杰，这个时候我向他打听老总的电话，目的显而易见，不成事反而坏事。”

“对，不能问他，要叫疤疤脸知道你找叶总，没准儿会对你下手。反正我一看见他心里就打哆嗦，他一脸横肉，被一个大疤揪在一起，加上那两只闪着绿光的眼睛，像极了《动物世界》里的那个狼王。叶总那么精明的一个人，怎么就没看出来那老家伙一肚子的歪心眼。”

“别说那些闲话了，快帮忙想想办法，怎么能打听到叶总的电话。”

“依我说，你就别在公司打听了，免得打草惊蛇。我看你还是去曹县找错儿，找到错儿就找到了叶总那一大家子人，他们一准儿有她电话。”

“不行，不行，我要一说去找叶总谈啥事，她那一家子还不炸了锅，再让周杰知道了，就麻烦大了去啦。”

“你傻呀，干嘛要说对叶总讲啥事，你就说和一个亲戚去北京，顺路想去探望一下叶总，他们还不把电话给你？”

“我要这么说，没准儿错儿要和我一道去北京。”

“去就去吧，有他去更好找叶总，错儿虽不是叶总的亲儿子，但她待他比亲生的还亲。”

“对呀，”周强不由叹息，“叶总这个人呀，待谁都那么实诚厚道，却怎么偏偏喂不熟王生洋这个白眼狼。”

说起错儿，周强感慨万分，这孩子和他家有剪不断理还乱的感情。

错儿是叶总二任丈夫乔奇与别人借腹生的儿子，为这个儿子夫妻二人十年形同陌路。叶青松、丁毛兰离婚时，丁毛兰把一对不足五岁的女儿留给了她，丁毛兰甚至把已故姐姐、姐夫寄养在他家的女儿申娜甩给了叶青松，叶家祖屋却成了丁毛兰的个人财产。叶青松领着三个年幼的孩子和父母租房住。

那时，叶家庄是峪南公社十八个自然村中最穷的村子，叶青松当时已是村子里的党支部书记。那一年，省里召开各大队党支部书记会议，在会上，她认识了乔奇。乔奇当时是全省最富足村的党支书。私下里，叶青松曾向他请教村子致富的经验。乔奇悄悄告诉她，要想富，必须搞联产责任制。叶青松回村后，模仿乔奇的做法，在村子里推行责任制。这一招果然奏效，叶家庄只两年，便成了镇上最富的村子，为农村土地承包开了先例。农民没了命地在土地上劳作。叶家庄生产花生，叶青松不失时机地建起了花生油厂。为销油，她再次找到乔奇，乔奇死了夫人，叶青松也是单身，两人由相识、相帮到相爱，直至结婚。叶青松和丁毛兰，连同他姐姐的孩子，共有三个女儿。乔奇带着女儿来投奔叶青松。叶青松当时花生厂初具规模，两人齐心协力，又建了两个分厂，一跃成为省的龙头企业。

一次，二人相跟着去省企业家协会开会，会议很隆重，单位组织小学生为参会的龙头企业老总献花。乔奇被那些可爱的孩子吸引了，归途中，他对叶青松说："我想要个儿子。"叶青松说："我们已有四个女儿，男孩女孩都一样，还生什么生。"乔奇说："你要不生，我就找旁人生。"叶青松以为他开玩笑，也玩笑着回答："那你找别人生吧。"不料，一年过后，乔奇抱回来一个男孩儿，竟然是他和叶青松的好友生的。这个孩子就是错儿。叶青松接受不了乔奇和人生孩子的现实，一气之下，来到古县，恰逢阳光纺纱厂破产，她全盘把它接手过来，成立了朝阳纺纱品有限公司。

一年之后，乔奇找到叶青松。但她无法原谅乔奇的背叛行为，夫妻二人开始了冷战。为唤回叶青松的心，乔奇把错儿送来。叶青松果然很喜欢错儿，但公司事儿多，她根本管不了孩子。周强的父母当时还健在，他们把错儿接去，一直养了八年。错儿和周强一家人处得比亲人还亲。乔奇与叶青松拉开了旷日持久的冷战，这一战就是十年，乔奇长期抑郁，患了癌症，去年死了。乔奇的死，终使叶青松明白，人一生不可能不犯错，犯了错总得有一个改正的机会。想起和乔奇从相识到相知相爱的全过程，她后悔极了。可乔奇已经死了，她只有把对乔奇的爱加倍地转移到错儿身上，错儿也像对生母那般依恋着她。

周强赶到曹县，见到了错儿，对他说："我去北京出差，想顺便探望下你妈妈，看她在哪个医院住院。"

错儿高兴地说："我这段时间也好想好想妈妈，咱们两相跟着去看看她吧。"

列车载着周强和错儿飞驰般向京城奔去，车窗外的田野、楼房、树木、电杆飞一般向后闪过。错儿长这么大，第一次坐高铁，他对着车窗，伸展开两只胳膊高声叫喊，飞飞飞，我要飞。他回过头来看看一脸沉思的周强，说："周叔，想什么呢？"

周强仍陷在自己的思绪中无法自拔，脱口而出："你妈到底是怎样一个人？"

错儿不假思索地说："我妈呀，公正无私，聪明果断泼辣，最主要的是她宅心仁厚，富有同情心。"周强拍着错儿的肩头道："好小子，你才多大，在哪里学会这样的词评价你妈？"错儿将头一歪，朗声回答："我听好多人评价我妈，都是用的这些词，就学来了。"说到这里，周强突然想起王生洋的一句话："她打碎了我的金饭碗！我要她将牢底坐穿！"周强认识的叶总可不是一个唯利是图的人，那么是什么原因让她打碎了王生洋的金饭碗，致使要她将牢底坐穿呢？如果没有刻骨的仇恨，他会这样吗？周强正想着，错儿捅了他一下，说："周叔，你没听我的话？"

周强似是而非地摇了摇头，又立刻点头，慢悠悠地说："你是谁呀，说的话我能不听。"错儿说："有点勉强！那我就给你举例说明。"

错儿调整了一下角度，把身子往前倾了一下，他看见邻座的几个人也把脸扭向这边，盯着自己，竖着耳朵听他往下讲。错儿来了劲，拉开架势讲起来。

“这个故事发生在农业社的时候，我妈所在的是叶家庄大队。叶家庄由四个自然村组成，分别是东叶、西叶、北叶和中叶，中叶最大为第一生产队，其余分别为二、三、四队。我妈是第四生产队，那时候的分配机制是集体所有，队为基础，中叶在三个村的中心，大队干部是公社革委会主任的弟弟，绰号叫雷霸天，他把其余三个队，两千多亩土地霸占划分到第一生产队，其他三个队社员敢怒不敢言。那时候，二、三、四队死了两个老人，要往祖坟里埋。祖坟恰巧在雷霸天霸占的那些地里。我妈让那个死者的儿子准备了上好的酒菜，款待雷霸天，同时请公社革委会主任作陪。酒席间，我妈借酒激这弟兄俩，弟兄俩喝得本来就有点多，经不住我妈几句话激，当场签字画押，把霸占的两千多亩土地还给了那三个队。周叔，你说我妈聪明不，果断不？”

周强被错儿的话逗笑了，他抚摸着错儿的头说：“好小子，几年不见，你长本事了啊，学会了吹牛了啊。”

错儿脸涨得通红，不服气地叫喊：“周叔，我没吹牛，这事是真的。”

周强笑道：“我不信，农业社时还没有你，你怎么知道？”

错儿脖子一拧，急扯白脸地说：“是我爸告诉我的，这事千真万确。他还告诉我，当时，我妈和雷霸天与革委会主任喝酒，三人你一句他一句地说话。可惜我没记住，只记住了一个大概。”周强拍了下错儿，说：“你编吧你，你爸死时你才十岁，他怎么会告诉你你妈十多年前的事儿？”错儿歪过脑袋，认真地说：“是我爸告诉我姑，我姑告诉我的。还有那些叔叔伯伯也说了好多次，我背都背下来了。”

周强知道，因为错儿叶青松与丈夫乔奇赌了十年的气。他不相信这件事由乔奇嘴里说出来，竟然是这么个意思，不由得又问：“你爸还对你姑说了什么？”

错儿说：“多了去了，我姑还说我妈自小儿身上就有股子男子汉的气魄，十几岁上课就领一帮孩子，找校长撤换不称职的老师。”

周强笑了，拍着错儿脑袋瓜调侃道：“你又编。”

这时，左边一位乘客说：“嗨，你们刚说的是不是曹县，峪南公社叶家庄叶青松的事儿？”

错儿扭头盯着他：“对啊，叶青松就是我妈，你认识我妈？”

“那当然！”那人说，“我就是曹县叶家庄的人，在我们村、我们公社，甚至整个曹县，谁不知大名鼎鼎的叶青松？”

周强好奇地问：“你真的知道叶青松的那些事？”

“是呀！”左边乘客说着站起来，“我去趟卫生间，反正到京城还有好几个小时，咱们有的是时间，我给你们好好聊聊叶青松的那些事，这个孩子说的只是一些皮毛。”

六　挑战暴君

左边的乘客从卫生间回来清了清嗓子,像说书先生似的摆了下手，只可惜这是在高铁上没有道具，手一拍扶手，便开讲起来。

叶青松与丁毛兰结婚后第二年春上，产下一名女婴，起名盼弟。那时候农业社正搞分田建设。按理说，老婆生下娃儿，该在家中带孩子做家务。可丁毛兰真如人称的“懒猫”，他说他到叶家就是顶门立户，传宗接代，不是来做长工的。你听听，一个大男人懒，竟然还有一堆懒理由。叶青松无法，刚过满月，便带领本村一伙青年妇女会同本公社的穆桂英队，大兵团作战，搞分田，兴修水利，填沟造田。填沟造田驻扎在大马庄大队。这一驻哇，大马庄村委主任马丁撞到了叶青松枪口上。

马丁长得用大马庄人的话说，一巴掌握到手里两头不见。比武大郎还武大郎，却色迷心窍，凡有姿色的女人，一个也逃不出他的手掌心。在村里，他想去哪家过夜，谁的丈夫就得回避。那个年月哪个敢违背马丁的意志，轻者派重活挣低分，重者派出去做工，甚至言语侮辱、暴力惩罚。叶青松很为大马庄那些女人抱不平，却又无能为力。这一年，曹县县委从各大队抽调精英干部，组成农村工作队，下基层支持农村工作。叶青松这时已是该大队的党支部书记，自然在抽调之列。叶青松与县组织部长和县委办公室主任同为一组，负责峪南、峪北两个公社。在工作组下乡动员会上，各个组员表态发言，叶青松首先发言，对两位组长说：“我们这些组员都是农村土生土长的农民，缺乏工作经验。我想向领导请教一下，有些大队干部作风败坏，不仅调戏侮辱妇女，还对其不从的丈夫实行打击报复。请问两位领导对这样的大队干部我们该做何处理？”

组织部刘部长斩钉截铁地说：“对这样的大队干部，轻的撤销职务，派到后山水库工地做工，重的移送司法机关依法处置。”

叶青松会后同另外三名组员去了大马庄。五天之后，一张撤销马丁大马庄革委主任，并令其三日之后到后山水库工地报到的报告放到了刘部长的办公桌上。直到此时此刻，刘部长才明白叶青松那天在动员会上的请教是有目的的。马丁是他的小舅子，其种种劣迹，他早有耳闻，平素碍于夫人的面子，他也就睁只眼闭只眼罢了。如今，他无法收回自己在动员会上的承诺，此时也就做出一副大义灭亲的样子，对叶青松和另三个组员大大表扬了一番，依报告行事。

事后，那几个曾因老婆被马丁暴打过的人，找到叶青松工作组的住处，长跪不起泣不成声，找人做了一面锦旗，上写“当代女包公”，挂在叶青松的住处。

左边乘客的话刚落音，周围几个座上的乘客哗哗地鼓起掌来。他前面的乘客回过头来问：“师傅，真有这样的人？”

左边乘客站起来，不无自豪地说：“那当然，她就是我们曹县峪南镇叶家庄的叶青松，真人真事，我一句瞎话没编。”

周强一声没吭，他在想，这个王生洋是不是就是那个马丁？作为一个人，有的为她长跪不起，泣不成声，有的却要她将牢底坐穿。一个人的好与坏，看谁说，为什么这么说，两方面的说法都听听，就能判断一个人是真好还是真坏。

左边乘客前边的人，想了想接着说：“你说的这个叶青松呢，行侠仗义，确实是个有正义感的人，不过，话又说回来了，我觉得她这人好是好，就是缺少了人情味。”

左边乘客呼地站了起来，指着前边座位上的人说：“你说，她怎么少了人情味？”

乘警以为他们吵架，赶快过来：“怎么啦？怎么啦？为什么争吵？”

左边乘客这才意识到自己太冲动了，马上对乘警说：“没事，没事，我们在探讨一个问题，说话嗓门高了些，不是吵架，谢谢您的关心。我们声音小一点就是了。”

乘警走了，左边乘客对前排座位上的人说：“师傅，木不钻不透，理不说不明。咱俩都在说别人的事情，心平气和一点。你从哪个角度看，叶青松缺少人情味？”

前排座位上的乘客直言不讳地说：“你想啊，那个叶青松在工作人员下乡动员会上，向担任组长的县领导说是请教，其实是给他下套子，我收拾你小舅子呀，你得配合着点。你说，这是你的领导啊，又是在全体工作组成员的会上，让领导多没面子。”

左边乘客的情绪不由得又激动起来，说：“我不这样认为，我认为叶青松是最有人情味儿的人。那个领导如果要维护自己的权威，顾全面子，你小舅子作威作福也不是一天两天了，你自己不愿管，别人替你管了，还预先请示了你，这不是不给你面子，而是给足面子，对不对？”前面的乘客没作声，左边乘客又说：“我问你个事，如果你和你老婆离了婚，你老婆再婚生子，家里乱七八糟的事，你该不该管？”

前乘客耸了耸肩，说：“但凡离婚就因为两人有了意见，不反目成仇已够好的了，再管他的事，不是吃饱撑的！”

“可她上门找你了，你管不管？”

“不管！离了婚已经成了两姓旁人，她不应该来找，找也不应该管。”

“可是，我们的叶青松，离婚后，丁毛兰娶媳妇向叶青松要钱，生孩子还找叶青松要钱，甚至连他老婆生病住院也找她要钱。我们都看不过去，叶青松却说，毕竟，我们夫妻一场，每年给村里的五保户冬买棉，夏买单，金钱资助多少？我就把他当个五保户看待。你说叶青松有没有人情味？”

“有有有，这种事一般人很难做到，我真服了你们的叶青松了，一个女人，却比男人还有胸怀。”

“说到胸怀，我还有一件事要说给你听。那个马丁被发配到水库工地做工之后，他那种人哪里受过这种委屈，心里烦，成天和人打架滋事，把一个人的腿打骨折了，被公安机关抓了起来，要他家里拿钱赔偿。他老婆气得要和他离婚，马丁因此被判了两年。此后不久，他老婆又患癌症住院，我们的叶青松竟拿出钱让她做手术。她说马丁错了要惩罚，他家有了困难咱也得帮。把马丁感动得逢人就说，叶青松的胸怀可容纳天地，真正的正人君子。”

“哎，师傅。”周强趁他们争议稍停，便立刻接过话头，对左边乘客说，“我想向你打听一个事儿，你可认识马丁？”

“马丁？”左边乘客一时没反应过来。

“对，马丁，就是你刚才讲叶青松当工作组干部时，撤职了的大马庄大队的革委主任，撤职后，被发配到水库工地做工的那个人。”

“哦，你说的是他啊。当时将他撤职发配后，大马庄村的老百姓敲锣打鼓，到公社庆贺，弄得曹县报纸上登，电台上播，几乎家喻户晓，人人皆知。至于马丁本人，我不认识，你打听他干甚？”

“有个事我想落实一下。”

就在这时，车厢里响起了乘务员报站的声音：“各位乘客，现在到达本次列车的终点站，北京南站，下车的乘客请带好自己的行李……”

左边乘客一边收拾自己的行李，一边说：“那样的孬种，你打听他干啥。真要想看看他如今的下场，你去电视台找记者，去报馆找主编，一问便知。”

七　匿名电话

东方现出了一片鱼肚白。接着，天空中种种瑰丽的颜色全显现出来了，大街上，行人、车辆也多了起来，一片繁荣的气象。

这里是北京协和医院，叶青松在住院部大楼的十一层，一个向阳的病房里，她打开窗户，外面的景色尽收眼底，她却没有心情欣赏北京的这清晨美景。她被一个匿名电话扰得一个晚上没合眼。昨天晚上，她刚要睡觉，电话铃响了，电话那头直截了当地说，朝阳公司的财务主管申娜割腕自杀了，账簿电脑一律被查封，你的心腹对外称，你有严重的经济犯罪行为，不判死刑也得无期。在他的鼓动下，车间工人以生产物资抵工资，一片混乱。说到这里，等不得她回话，电话已经挂了。叶青松仔细看了一下来电显示，这是一个公共电话，再打过去，电话一片忙音，无人接。隔一会又打，还是无人接。电话里说，你的心腹，我的心腹是谁呢？在朝阳公司，她和每一个职工都相处得像一家人，若说走得近的人，那无非是周杰和周强。周杰，自己一向把他当儿子、亲人对待，电话里说的心腹会是他吗？一想到周杰，叶青松连连摇头，不可能，怎么会？她想起了她刚来古县不久的情景。

乔奇抱回了一个嗷嗷待哺的婴儿，那孩子的小脸像苹果，粉嘟嘟的，一笑两个酒窝儿，两只眼睛活像两个杏仁形的灯泡儿，亮晶晶的。看见她咧着嘴笑。叶青松一看就喜欢上了这个小男儿，禁不住抱住在他脸上亲吻了好几口。“嗨，乔奇，这是谁家的孩子这么可爱？”

“咱家的，以后你就是他妈，我就是他爸。”

“别开玩笑了，谁这么可爱的孩子会送人。”

“我没开玩笑，这是我和秀芳生的，刚过满月，我便给他抱回来了？”

“什么？和秀芳生的。”

“对呀，你不是说你不想生，让我和别人生去？现在孩子生下了，我给你抱回来了。”

一刹那，叶青松头顶上好像响了个炸雷。秀芳是峪南公社的妇联委员。叶青松开办花生油厂后，业务一天比一天多，叶青松便同公社书记协商，把秀芳抽过来给自己帮忙。当时，新农村建设刚刚开始，峪南镇第一个新农村试点便是叶家庄。该庄村子大，村民居住分散，金窝银窝不如自己的草窝。老百姓依恋祖上留下的茅草屋，任你说破天也不愿以旧换新。新农村建设工作受阻，党委书记杨生金答应让秀芳过去给她帮忙，但有一个条件，你是叶家庄的人，必须得设法做通老百姓的工作，保证新农村试点工作顺利开展。叶青松一口答应，该村老百姓都服她，没费多大周折，便各个签字画押，峪南镇新农村建设率先在曹县打开了局面。秀芳也一直跟着她，帮她处理油厂的业务，成了她的好朋友。

想不到在自己的眼皮下，自己最爱的爱人、最亲的姐妹，居然背着她生下了儿子。叶青松平生最恨的就是别人对自己的背叛，如今，精心构建的温馨小家不要了，倾注了毕生心血正在蓬勃发展的花生油厂不要了，养育了自己并把自己培养成人的父母不要了，手足之情的姐妹不要了，骨肉亲情的孩子不要了。同事、朋友、关注她的领导统统不要了，她只要自己的尊严，只要自己纯洁的爱情。她一气之下去了车站，坐上火车她漫无目的地颠啊荡啊，一直坐着走了一千多里，来到了古县——火车的终点站。她的脑子清醒了一点，开弓没有回头箭，既已来到这里，这里就是自己的落脚处。

可是，这个人不生地不熟的地方，她该如何存身？她正在茶馆里喝闷茶，突然听到一个人叫，叶青松。她抬头一看，原来是省企业家协会在省城开会时，认识的一个古县化工厂老板王自强。他乡遇熟人，叶青松别提多兴奋。她向王自强隐瞒了自己离家出走的真实原因，只说自己喜欢刺激，喜欢在创业中克服一个个困难带来的乐趣，想出来闯荡一下。王自强兴奋地告诉她，古县一个叫阳光的纺纱厂地理位置好，设备先进，只因经营不善破产，古县现在正在招商引资，条件优惠。叶青松一口答应，把它买断，重建组合一个新公司。

老家是曹县，招亲来到古县的周杰恰巧是阳光纺纱厂的下岗职工，听说曹县的老乡买断了阳光，别提他有多兴奋。从此对叶青松照顾有加，这不仅仅因为他们是老乡，还有对新老板给予自己生活出路的感激。叶青松人生地不熟，遇到一个恰是老乡又是本公司职工的人，自然把他当心腹知己，给他以重任，他们出去跑手续、更换设备，有时带几十万的现金，包由周杰拎着，包里钱他随意花。周杰从头到脚全换成了最时髦的服装，手机上万元。周杰招亲的这家家庭贫寒，女方母亲又患了癌症，把周杰和他媳妇急得团团转。叶青松从刚刚在银行贷出来的周转资金中抽出十万让他们去省城做手术。从那以后，周杰和媳妇周丽私下里称叶青松为娘。他们怎么舍得在背后捅自己一刀子？不可能，不可能，周杰是自己的心腹不假，可他绝对不会在自己这两年连遭痛失亲人，又重病缠身时对她下手。可不是他，有谁是自己的心腹，在这关键时刻害自己呢？

突然，病房门“哐当”一声推开了，错儿甜甜的一声妈妈，把叶青松从沉思中拉了回来。他一看，原来是周强和错儿。

叶青松突然想起来了，在朝阳纺纱厂，她最信任的也是最知己，可以称得上是心腹的人，还有这个周强。

叶青松重新组建了朝阳，直到一年之后，她怕家里的老人挂念，才给家里去了电话，吩咐他们只要知道自己一切安好就行，不必把自己在古县的事儿告诉乔奇。

自叶青松离家出走之后，乔奇备受折磨，秀芳当初同意借腹生子，是因为乔奇对她说，这事是叶青松同意了的。她一想通过这件事和叶青松拉近关系，二是她也看中了乔奇一表人才。谁知孩子刚生下，叶青松就一气之下离家出走。这让秀芳实在无地自容，不久，就患抑郁症跳楼而亡。叶青松的家人对乔奇十分不满，乔奇抱着不到一岁的儿子羞愧得想一头撞死，成天以泪洗面。叶家人不忍心，将叶青松的消息告诉了他。乔奇抱着儿子，千里迢迢去找叶青松，可叶青松是个眼里揉不得沙子的人。乔奇跪地求饶，叶青松看也不看，拂袖而去。乔奇无法，只好将孩子给她留下，自己孤身一人返回曹县。千错万错，孩子是无辜的，叶青松很喜欢这个孩子，给他起名错儿。公司事多，她根本管不了错儿，周强把错儿抱回家，这一养就是八年。直到错儿八岁，回老家上学。这期间，叶青松和周强一家相处得很好。她为周家人冬买棉，夏买单，平时零花钱不断。周家如今的住房就是她出钱盖的。周强是她的知己，或者心腹也行，可他不管从哪个角度说，也不应该害她呀。

周强仔细打量叶青松，仅仅一个多月不见，人虽精神，却瘦了不少。不到半年的时间，失去两位亲人，再坚强的人也承受不了这打击。周强鼻子一酸，差点儿掉下泪来。

八　风雨欲来

周强就自己知道的，从申娜之死，稽查队封账以及各车间停产的事儿，一五一十向叶青松说了。叶青松猛不丁地问他：“昨天，你是不是用公用电话给我打过电话？”

周强一个劲地摇头，说：“没有，没有，你看咱们相处这么多年了，我从来没给你打过电话。”周强说得没错，那个固定电话是古县的公共电话，而且昨天他已到了曹县，他没时间打这个电话。

这会是谁呢？虽然这个没报上姓名，但电话内容和周强说得差不多。令她百思不解的是王生洋和周杰居然是父子，他们为什么这样对自己？凭良心说，自己待他父子都不错，他们为什么要合起伙来害自己呢？

周强突然问：“叶总，你可认识马丁？”

“马丁？”

“对，就是你老家曹县大马庄村早先的那个革委会主任。”

“认识，怎么啦？”

“你近几年见过他吗？”

“没有，好多年没他的消息了。马丁刑满释放到我家去了一趟，感谢我救了他老婆一命，从此再没见过他。”

“那你当年撤销了他革委主任的事，他还记恨你吗？”

“应该不会吧，他去我家时，还再三认错，说吃饭还吃家常饭，穿衣还是粗布衣，知冷知热自己妻，跟别人瞎混到头来害的是自己。马丁那人啊，可真是浪子回头金不换。”

“叶总，你说你从来不认识王生洋，可他为什么要说你砸碎了他的金饭碗，他要你将牢底坐穿？他脸上的那个疤痕，肯定不是天生的，而是遇到什么事毁了容，弄得面目全非。他借此埋伏到你身边，找机会报复你。这是我自己瞎推测，这个人会不会是马丁？”

“不会的，即使马丁毁了容，但他的个子不会加一截。别考虑那么多了，有人背后爱吹牛，借此显示自己的能耐，我根本不在乎。共产党社会，重在证据。为人不做亏心事，不怕半夜鬼敲门。我心里一直放心不下的是申娜，她到底怎么啦？为什么会死？”

“稽查队把公司的账本电脑都封了，说是纺织行业查虚开虚抵。”

“例行的检查而已，咱不怕他。现在要紧的是赶快买票回公司，我要看看申娜究竟怎么回事？”

他们很快买好了回古县的车票，下午时分到达临近古县的车站，租了一辆出租车。过去，叶青松外出，只要回古县，必定是周杰到车站接她。这次，她没给他打电话，想给他个猝不及防。叶青松想先回情人坊，问一下申娜的情况。周强却早早给媳妇王苹打了电话，要她安排晚饭。自从错儿寄养在周强家，叶青松没少在他家吃饭。王苹知道她喜欢吃大豆米糗子、地里的野菜，便早早安排好了。他们进门洗脸的工夫，饭菜早已上了桌。

从昨天知道申娜死了之后，叶青松只喝了几口米汤，在车上颠簸一天，现在早已饿了。王苹做得大豆米糗子，她吃了两碗。错儿是个鬼精灵，从昨天见到叶青松之后，见她不开心，便知趣得像只温顺的小猫咪，趴在一旁悄悄看叶青松的脸色。现在见她脸上有了笑容，便赶紧依偎到她身边。叶青松对错儿有一种特殊的感情。说实话，她与乔奇从相识到相爱结婚，两人是有深厚的感情的。他们曾一度发誓，虽不能同年同月同日生，但愿同年同月同日死。他们之间的爱是刻骨铭心的。正因为爱得深，对乔奇的行为才恨得切。对他的跪地求饶，叶青松拂袖而去。乔奇痛不欲生，把孩子留下走了。叶青松抱起嗷嗷待哺的小男孩，心里思绪万千。她嘴上说不要，还是想有一个男孩的。乔奇借腹生的这个男孩在一定程度上是得到了叶青松认可的。这给乔奇的背叛行为大打了折扣。她嘴上说今生今世都不会原谅他，实际上，如果乔奇再有一次跪地求饶，叶青松会破涕一笑，夫妻和好如初。但乔奇男子汉的尊严不容许他再三再四地为一个女人去下跪，你不来，我也不往。于是两个人较上了劲。叶青松想你不再来求我，我绝不会主动向你示好。乔奇悔不当初，酗酒麻醉自己。直到乔奇患癌怀抱酒瓶醉死在床头，她越想越后悔，越想越痛苦，她把全部的后悔与痛苦化作了深深的爱，全给了这个叫错儿的男孩。此刻，她把男孩抱入怀中，深深地在他额头上亲吻了一下，吩咐道，在家好好玩儿，妈去看看你申娜姐。错儿也好想去看一看申娜姐，每一年过节，盼弟、引弟都会带着错儿去古县看妈妈和申娜，在一块儿吃饭玩，相处十分融洽。听到申娜的死讯，错儿更想去看她。但他知道妈妈向来是说一不二，于是乖乖留了下来。

稽查组连续工作了三天三夜，朝阳公司虚开虚抵的数目是触目惊心的，段陆海第一时间把这个消息告诉了杨生旺，段陆海气愤地说：“截止目前来说，朝阳公司是全省涉案数额最大的公司，这个女人真是胆大包天，她这次是死定了。我去公安局，要他们立即对叶青松采取强制措施。”

王生洋连连摆手，说：“不行、不行，这个母夜叉现在是古县的市人大代表，要对她采取措施，首先得罢免了她的人大代表资格，要罢免代表必须得证据确凿。”

“证据确凿，那没问题，我马上整理材料报送市人大和公安局。”

周杰在段陆海与王生洋说话的间隙，悄悄溜了出来。这时候，叶青松对他的好，一一显现在了他的眼前。叶青松重新组建朝阳，使阳光纺纱厂近两千多名工人有了饭吃。岳父母办了退休，每月可以在劳动保险所拿一份工资。自己和周丽算上加班连奖金，夫妻二人一月一万多，几乎顶以前三四个月的工资，加上劳保福利，一月足顶过去半年。自己虽说是工人，实际在公司可以说是二老板，公司两千多号人哪个见了自己不是讨好地笑，便是毕恭毕敬地问候上一句。他凭的什么？还不是因为叶青松处处重用他抬举他。岳父母说起叶青松，什么时候都是我们的叶总怎样、怎样，我们的叶总是天底下最好的人。

父亲私下利用申娜做假账套叶总的事，如果岳父母知道了，不知该怎么骂自己不是人。从心底里说，自己并没有参与做假账，但做假账的毕竟是自己的亲生父亲。他不想，也不愿因为这事得罪父亲。这些事、这些话，他只能藏在心底，连周丽都没敢告诉。刚才段陆海和父亲的话，着实让他心里一惊，他说什么也料不到父亲这一手会给叶总带来灭顶之灾。起先父亲对他说这事时，他总以为即使账上查出来公司虚开虚抵，也不过破破财，罚点款了事。她当初那么不讲情面地给父亲当头一棒，如今也该让她接受点教训了。可是这是全省数额最大的经济犯罪案，一条鲜活的生命就这样将被剥夺。周杰的良心受到了深深的谴责，她不是坏人，仅仅是因为许多年前当人民代表时的仗义执言，伤害了父亲，父亲才伺机报复她。自己现在怎么办？站到父亲这一边吧，良心不忍，站到叶总那一边吧，只能给父亲罪上加罪。他脚踩两条船，左也不是右也不是。

这时候，稽查队的车来了。段陆海上了车，向司机说了声，去市人大和公安局。一刹那，周杰清醒了，这事不能拖了，段陆海去市人大和公安局，手里拿的是致叶青松死罪的证据。只要公安局认可，提交市人大常委会通过，罢免了她的人大代表资格，公安局就可以对叶青松实施强制措施了。这一刻，就像手铐已经拷在了周杰手腕上，他的心咚咚乱跳，脑子里像有一窝蜂嗡嗡乱飞，良心再次提醒，她是好人，不该受这样的冤枉。他急切地拿出手机，想拨叶青松的电话。拨了几次，号没拨完就挂了。他一时还没想明白，该怎么向叶总说这件事。

叶青松从周强家里出来，准备去情人坊，周强要用车送她，她说想走走。周强家距情人坊也不过二里地，她想利用这点时间，好好理一下思绪。

段陆海从公司出来，准备去市人大和公安局时，在门外和王生洋的一段对话，恰巧被从家里来公司的老杜听到了。老杜是朝阳公司财务室的保管员，负责对公司所有账簿和电脑等用具的保管清洁。财务室的人下班走了，他得看柜门有没锁好，电脑的开关有没有关好，垃圾桶里的碎纸片，他得及时处理了，窗关好，门锁好，地上得随时清理干净，连门外楼道，他也清扫得干干净净。叶青松夸他是头默默拉车的老黄牛。他的两个孩子，也被叶青松招来，一个在纺纱车间是技术员，一个仓库辅助的保管。父子仨一个月拿一万多元工资。老杜一家都是当地农民，父子能和其他上班族一样月月领工资，一年到头，过节米面油没少领。这使老杜一家对叶青松感恩戴德，说如果没有叶青松，他们家就没有现在的好日子。起先，老杜对这次稽查队来查账并没在意。以前，公司也不断有人来查账，查完之后，例行地交代几句。这次查账，老杜觉得来头不一样，他们查完账簿，又查电脑，电脑查了再和账簿对比。那个姓段的，大家都称呼他段队长，似乎是咬着牙说这个女人真是胆大包天，她这次是死定了。老杜听了三魂吓掉两魂半，剩下半魂打颤颤。他弄不明白，这些账都是财务上走的，跟叶总有什么关系，到底有多大事要她这次死定了。他拿不准，也不懂，手里拿把扫帚，直愣愣地看着段队长手里拿着材料坐车走了。他惊魂甫定，赶快溜进财务室，看了一下墙上那张纸上叶总的电话号，便赶紧溜出去，来到距公司五十米左右的公用电话亭，拿起话筒刚要拨号，公司看大门的老杨头换班回家从此路过，便站了下来和他闲聊。老杨头究竟说了什么，他一句都没听得进去，只在嘴里唔唔唔地答应着。老杨头看他心不在焉的样子，随口说，我走呀，回家吃了饭还来加班。

听说公司出大事了，要门卫加强保安工作。老杜心一紧，问，什么大事？老杨头嘴一努，说你没看见？去市人大和公安局了。屁大点事，如临大敌似的。老杨头嘟嘟囔囔地走了。老杜赶快拿起刚才放下的话筒，把电话拨了出去。

九　初次交锋

从周强家出来，叶青松慢慢向情人坊走去。城郊的乡村是美丽的，此时正是夏天，小麦黄澄澄的，很快就要开镰了。玉茭绿油油的，几只不知名的鸟儿在麦地上面打了个旋，转身落在路边，朝着叶青松叽叽喳喳叫个欢实，然后又向玉茭地飞去。外甥女申娜的突然离去和公司查账的各种流言，把她搞得烦躁不安。叶青松离婚时，申娜才三岁，比自己的两个女儿只大了一岁半。三个姑娘加起来不足十岁，跟着叶青松生活。她待申娜比自己的两个女儿还亲，她常说，申娜失去双亲已够可怜的了，我不能让这孩子感受到失去亲人的痛苦与孤单。申娜大学毕业后，便来做财务主管。申娜的本事大小是另外一回事，起码她对自己是忠诚的，不会背后日弄她。可她如今自杀了，她是在什么情况下自杀的，事情到了非自杀不可的程度吗？听周强说，申娜的尸体如今寄存在太平间，死前没有留下只言片语，她的遗物有没有关于此事件的说明，能不能查到王生洋之所以丧心病狂的原因？她正走着，想着，手机突然响了，是个陌生号码。叶青松陡然又想到了那个匿名电话，会不会是同一个人？她按下了接听键，电话那端立刻传过来一个男中音："喂，叶总吧，我是老杜，刚才我在财务室打扫卫生，听到段队长对王生洋说证据确凿，到目前，朝阳公司是全省涉案数额最大的公司，你胆大包天之类的话。叶总，我相信你是好人，可害人之心不可有，防人之心不可无呀，他们已经到市人大和公安局去了，说要对你实施强制措施……”那边的话还没说完，叶青松的手机落地了，整个人像被抽了筋，软塌塌地瘫坐在路边的一个土畦上。这下，她彻底相信周强的话了，王生洋伙同周杰利用稽查队准备收拾自己。经济犯罪，无疑就是说她多开了多少发票，偷漏了国家多少税款。公司主管这项工作的是申娜，可她偏偏在这个节骨眼上死了。究竟她是畏罪自杀，还是其他，现在是说不清楚了，王生洋正好把这项罪名安到了自己身上。凭良心说，公司每年都有丰厚的经济利润，她何必要偷漏国家的税款呢？她坐在土畦上想啊想，想破脑袋也想不明白这件事究竟错在哪儿，索性横下一条心，还是那句老话，为人不做亏心事，不怕半夜鬼敲门。不管你王生洋或者周杰，想尽什么办法报复我，那杀了人的案件还能弄清楚，区区一个虚开增值发票，咋查也能查个水落石出。我不怕，任你和我有天大的仇恨，真的假不了，假的也成不了真。叶青松拍了拍屁股上的土，站起来又向情人坊走去，心里仍在寻思，王生洋，我何处得罪了你，让你和我有如此大的深仇大恨，还有周杰，我待你不薄，伙同你父亲这样做究竟为什么？

周杰准备回家，很想找个人诉说诉说心里话，可他找不到这个人，连老婆周丽他觉得都不是可以倾诉心里话的对象。他只要一开口说话，就会招来老婆一顿没完没了的唠叨。就在这时，手机响了，周杰打开一看，竟是父亲王生洋。王生洋大概又喝多了，从手机里听出来，他的舌头僵硬，含糊不清地吆喝，叶青松，要，要强制制措措措施了，陪老子子喝一杯……

周杰挂断了电话，这才想起段陆海几个人已经去市人大和公安局备案了，只要分管领导一签字，市人大常委会开会一通过，叶青松的代表资格罢免了，随时都可传唤拘留她。周杰这才想起，申娜已死了两天了。叶青松在北京医院看病，自己还没有把这事告诉她，她和申娜情同母女，一旦告诉她，她怎么接受得了这个现实。更可怕的是，她的人大代表资格一罢免，随时都可以被拘留，任何活动的余地都没有了。他突然觉得父亲的这一招太狠了，可以适当惩罚她一下，但弄到这一步就做得太绝情了。

不知为什么，周杰又想起了岳父去省城做心脏手术的事。他们一家以前都在阳光上班，可阳光停停开开，终于破产了，家里仅有的一点家底也花光了。叶青松刚刚买断了阳光，正在重组朝阳，他的岳父心脏病犯了，医生建议立刻去大医院做支架手术，否则，随时都有性命危险。一家人急得见谁都作揖磕头借钱。重组朝阳千头万绪的干什么都要钱，这些钱都是她贷的，朋友借的，可当她知道他岳父在省城做手术的事，一下子给自己送来十万元，十万元啊，几乎整个手术的花费。他的岳母拉上他和女儿，非要给叶青松下跪，说叶总救了周丽爸一命，我们全家将永世记着你的好，以命报答你。可如今，虽然不是他和周丽一家要将她送进牢房，至少也和他周杰脱不了干系。周杰决定给叶青松打个电话。他记得她说过台湾有她什么亲戚，那就先去台湾避一时，看能不能对她从轻发落。周杰拨通了叶青松的电话，开口叫了声阿姨。自从叶青松出钱医治了周杰岳父的病，周杰和周丽在非公共场合都称她为老妈。如今，老妈变成了阿姨，接着他说："省国税局来咱们公司查虚开虚抵，发现了账上有问题。阿姨，要不，你先去台湾避一避。"叶青松强压心头怒火问："申娜是不是因为这死了？"周杰愣了一下，不知道叶青松从哪个渠道知道了申娜死亡的消息，正斟酌怎么说呢，只听叶青松电话那头气冲冲地说："我不回避，真要有问题，我钻到外国的老鼠窟窿里，人家也会把我挖出来。我没问题，你们父子不是想让我将牢底坐穿吗？想盼望我不判死刑也得无期吗？给你说，你如不了愿。"说完啪地将电话挂了。周杰好半晌，像个木桩子那样站在那里动也动不了。过了好大一会儿，他决定不回家，去父亲那里看看。

叶青松从北京回来，直接住进了公司总经理的房里。她看到昔日红红火火的公司，现在冷冷清清，她决定先下手为强，直接去找国税稽查队队长段陆海，问："你们不是查账吗？我到底有多大问题？"段陆海爱憎分明，他对那些人偷税漏税的人疾恶如仇，说他们是蛀虫，是老鼠，是残害国家残害人民的罪人，看到叶青松亲自找上门来，不冷不热地说："究竟有多大问题，你比我清楚。这段时间你不许外出，随时听候传唤你。"叶青松哧地冷笑一声："这么说，你真把我当犯罪嫌疑人了？"

"该当的时候必须当。"

"可现在，你说我偷税漏税，虚开虚抵，你得拿出证据，没有证据，对不起，我该去什么地方就去什么地方。"

"虚开虚抵几千万，还愁没有证据吗？"

"那好，你就把我偷漏虚开的证据摆到桌面上，你也把你在省城的别墅房产证和高级车摆到桌面上，咱各说各的经济来源。"

一提到省城的房产，段陆海表面冷静，其实内心早慌了。他除了在省城郊区有一座豪华别墅外，另外还有一幢楼，楼下搞出租，楼上歌舞厅，总资产几千万元。他的战友都知道他这几年在省城耍大了。

段陆海阴沉着脸，半天没说出话来，叶青松站起来，指着他说："国家查虚开虚抵是好事，目的就是要企业规范，依法经营，但不能把这当作拉帮结派打击报复的工具。"

段陆海猛地拍了下桌子，站起来说："我提醒你一句，你是我们的调查对象，不是我的政治老师，你还是考虑如何交代你的问题吧。"

"好！"叶青松也拍了下面前的桌子，"那我也提醒你一句，这事有蹊跷，所有的虚开虚抵的发票都是申娜开的，你刚进公司调查，她就死了，临死还在床单上写下血书。你是不是可以退一步想想，申娜是个刚走出校门不久的大学生，缺乏实际工作经验，是不是别人利用她的单纯，故意制造事端？"

段陆海反唇相讥，说："那你是不是也可以退一步想想，你是法人，主管财务的又是你的外甥女，她每走一笔账，没你的点头，她敢走吗？

你别以为她死了，一切责任都可以推给她。你应该明白，不管哪个企业的会计、财务主管，谁敢不听老总的，即便是会计走账签了名，责任也是你老总的。”

叶青松一点也不退缩，理直气壮地对他说：“不错，我是法人，申娜是我外甥女，也是我招她来朝阳管财务管业务的，她现在已经死了，我不想把责任推到一个死人身上，该负什么责任我来负。我想对你说的只是她背后的事。”

十　讹诈初起

周杰走进王生洋的住处，只见父亲拎一瓶酒，正往酒杯里倒酒。王生洋在他好多年前失意的那段日子里，养成了一个毛病，喝酒，喜也喝，忧也喝，一喝就醉。逢喜事喝酒，醉了之后，他就像戏台上的演员一样，手舞足蹈，把高兴的事哪怕一个细节都不放过，一五一十地跳着唱出来。遇到不顺心，喝了酒，家里有啥东西砸啥，谁要敢把他拉到家中，劝劝，他也能把谁家砸个稀巴烂。邻近的人都知道他的毛病，所以他醉了没人劝也没人拉。只是看他满嘴冒沫地唱或骂。不知道底细的人根本不知道他唱什么骂什么。周杰是他的亲生儿子，自然知道他这个毛病，好在他今天喝的还不是太多。周杰一把从父亲手里夺过酒瓶，端起刚刚满上的酒杯，倒在垃圾桶中，说："爸，别喝了，一喝就出洋相，你能不能清醒地和我说点事。"王生洋顺从地坐在了周杰对面，说道："好，你说吧。"

"你去公安局跑得怎么样，见到叔叔了吗？"

周杰的堂叔杨生坤，二十年前大学毕业分到了古县的公安局，如今熬成了副局长。王生洋说："见到了，你叔说，那个母夜叉在古县弄得不错，是省里的明星企业、三八红旗手、巾帼英雄，最主要的还是古县的市人大代表，要整她，首先得罢免了她的代表资格。"

"段陆海往市人大、公安局报的材料，不就为罢免她的人大代表资格吗？爸，那些材料，有多大分量，能罢免了她的人大代表吗？还有你整那些材料，可信度有多少？”

“什么是我整她的材料，现在是省国税局稽查队出面往公安局递的材料。”

“我知道，我说的意思是你帮申娜走的那些账。”

“没问题，落实几项，就够她喝一壶的。”

“我昨天看到叶青松办公室有灯，窗户上有她的影子。我觉得咱们这步棋走错了，就算你要报复她，也不该采取这个办法，弄得我现在十分被动。”

“你见她了？”

“没有，昨天我想了无数个来回。说良心话，她待我确实不错，与其说我是她的办公室主任，不如说我是她的儿子，出门带多少钱，我随意支，随意花。我屁股下坐的那几十万的车都是她给我买的，一年她在我身上花的钱无数。这样弄她，我心里实在过意不去。于是，我就给她打了个电话，说省国税局来公司查虚开虚抵，公司账上有点问题，劝她到台湾避一时。”

“你真傻，怎么能打这样的电话？她怎么说？”

“她当时就火了，说她没问题，也不会跑。还说，我们说她是重大经济犯罪，不判死刑也是无期，如不了咱们的愿。那话不都是段队长和你说的话吗？她怎么知道？”

“看来，我们已经完全暴露了，反正纸里包不住火，她迟早会知道的。”

“现在的问题是，能不能将她整倒，别到时例行公事地查一下，过去就没事了。我可就惨了，她那人最恨的是别人对她的背叛。她丈夫与别人生了个儿子，她十年都不搭理他，直到死。她现在知道我参与了整她的行列，我今后就别想在朝阳待了。”

“没问题，胡抓几条就够判她无期的。”

“哎……我这没良心的名声算落下了，今后还怎么在朝阳待。”

“朝阳算个屁，咱让它彻底改朝换代。”

“怎么个换法？”

“儿子，我记得你曾经给公司借贷过三百万块钱，有这事吗？”

“有，那是大前年，公司购买原料资金周转不开，我找私人给借了三百万，二分钱的利息，只用了两个月，贷款回来立刻就还了。”

“咱可不可以在这上面做文章？”

“做什么文章？”

“当时借条谁打的？”

“叶总打的，当时还有她的签名，盖有公章。”

“那借条呢？”

“还款之后，叶总让我把借条撕了，我就把它撕了。”

“撕了重写一个，现在拿出来朝她要钱，连本带利一块儿算。没钱给，就算咱在公司入股。”

“那怎么行呢，原来那条上是有她亲笔签名，还有公章，没签名的条，她肯定不认账。”

“死事活人办哩，咱照着她的笔迹签一个不就成了。”

“爸，你开什么玩笑，不是人家签的，让有关部门一验就出来了。”

“放心，你爸就有这个本事，模仿笔迹让他专家也难辨真假。只要这件事办成了，咱在公司的股东里就有了发言权，这次她不判死刑，也是无期，她从牢里出来，朝阳早已换了姓氏。”

“还有公章，章是柳叶儿保管，她早就对我不感冒，肯定从她手里拿不出来。”

“拿不出来咱刻一个，不就一个木头疙瘩嘛，这有多难？”

“这能行吗？”

“行，怎么不行，你爸当了差不多十年的法官，要连这点手段都没有，怎么称得上法官？咱先礼后兵，先找她说钱的事，她要顺顺利利给打个条算咱入股的钱这事就算了。”

“她要不承认了呢？”

“那咱也有办法，到时候看你爸的。”

周杰苦着脸，不住地搓着手在屋内转圈儿，还不时歪头过去哀怨地看父亲几眼，突然一跺脚，拉开门走了。

黄昏，太阳已经落到地平线下，一团红晕已经褪为淡红，上面的天空已经由青黛色渐渐变成湖绿色。吃过晚饭，叶青松走到公司外的小路上，想溜达溜达释放一下压抑的心情。这段时间，她痛苦极了。丈夫乔奇去世还没半年，两个女婿来探望她，一场车祸，一个永远离她而去，另一个腿骨断了，不能下床。据医生说这是粉碎性骨折，好了也是个瘸子。这个时候，她特别想念乔奇，乔奇是她一生中最爱的人，而自己为什么偏偏守着那个可怜的自尊，不肯给他一句软和话。人常说夫妻吵架，床头吵，床尾和。她和乔奇赌了十年气，乔奇天天用酒麻醉自己，死时刚刚六十。假如他还在，面对省国税查虚开虚抵，申娜被人利用，身边人的背叛，他一定会有奇招。至少，两个肩膀扛着总比一个扛着轻。可是，他死了，永远见不到了。叶青松从来没有感到自己这么孤单过，心里着实内疚极了。叶青松是个轻易不掉泪的人，如今眼圈儿也湿湿的，就在这时，她听到背后有脚步声，便连忙回过头来，一看是财务室的柳叶儿。叶青松赶快用手抹了下眼睑，自嘲地说：“这蚊子真讨厌，偏偏往眼睛里钻。哦，柳叶儿有什么事吗？”柳叶儿羞涩地一笑，说：“叶总，有件事想跟你说，这两三天，你办公室天天有人，今见您吃饭单独出来，我便跟了出来。”

“什么事，你说。”

“我……”柳叶儿迟疑了一下，然后像下决心似的，“想和你聊一聊公司的事儿。”

“好！”叶青松爽快地答应了，她也很希望有人来和自己谈公司的事儿，哪怕只言片语。她指了指前边的一个土台，说：“咱们坐到那说吧。”

朝阳公司远离县城，离所在村河源也有二里路，就像大海上孤零零飘着的一叶小舟。而她们坐的土台，又离公司两百多米，这里僻静，一般人是不会到这里来的。

柳叶儿先开口说："我在阳光公司待了五年，也是在财务室工作，目睹了它从鼎盛到破产的全过程。阳光公司的老板是个好人，那几年纺织行业市场行情好，正因为阳光能赚钱，老板的七大姑八大姨，只要能沾上边的，全都拥到了阳光来，又是把持着公司的要害部门。怎么说呢，比如卖一车棉纱，可赚十万，过这个关扣一点，过那个关扣一点，临到公司账上所剩无几。公司的一把扫帚，市场上八块，你加点，他加点，买回来已变成了五十块。就这样公司破产了，老板的七大姑八大姨个个发财了。"

叶青松已经知道了柳叶儿想说什么，默默地看着她，听她往下讲。

她接着说："这次查虚开虚抵，我听人家说公司查处了多少多少，说你弄那些钱这辈子都不花，下辈子，下下辈子也花不完，别人信我不会信。"

"为什么？"

"因为我在财务上，目睹了开票走账的全过程。叶总，我说句实话，你别生气，你用申娜管财务是犯了个天大的错误。她是学文的，对财务管理一窍不通。在这方面，王生洋是内行，申娜把他当作自己人，放手让人家操作，才导致了如今的局面。"

一语中的，这一年多来，自己连失亲人，加上有病，对公司的事很少过问，才导致如今被架空的局面。她问："柳叶儿，你知道哪些虚开的发票是怎么回事吗？"

"知道，王生洋对外开发票可没少赚钱。朝阳公司对外开发票，已经成为圈内公开的秘密。我亲眼看见王生洋给一个公司开过两张发票，一手交票，一手交钱。人家得了钱，而发票上申娜签了自己的名字。在这方面，我不知道申娜是真傻还是想一味讨好她喜欢的人。"

“如果这事闹到法庭，你敢出庭做证吗？”

“那看怎么说，如果叶总能接受这次教训，重整旗鼓，把公司干下去，我会的。”

“那工人对这次虚开虚抵怎么看？”

“他们也为公司的前程担忧。”

“公司刚停产，他们就哄抢这也叫担忧？”

“这事怪不着工人，他们不明底细，一听外面传言朝阳公司是全省涉案数额最大的公司，老板不判死刑也得无期，连跟你走得最近的人这也捞那也拿，他们不随波逐流，公司破了产，一家人怎么生活？”

“那如果现在虚开虚抵的事弄清了，他们会怎么样？”

“他们会把捞走的东西拿回来，高高兴兴地回来上班。”

“你这么相信他们？”

“因为他们和我一样，千方百计要保住自己的饭碗。”

十一　台风来袭

从外面回来，叶青松径直往办公室走。她在县城有家，以前，下班后她都回家去住。从北京回来，她就住在办公室，在工厂的灶上吃饭。她的办公室在二楼，她刚上楼梯，从角落里斜刺过来两个人，叶青松着实吓了一跳，定睛一看，原来是王生洋和周杰。叶青松的脸不由得沉了下来，周杰畏畏缩缩地不敢上前。王生洋索性开口说："叶总，是这样，前年，公司资金周转不开，周杰出去借了私人三百万块钱，这事你还记得吧？"

"记得，他借的钱公司用了两个月，货款回来之后，公司连本带利全都还了。"

"不对吧，叶总，你好好想想，还了就是还了，没还就是没还。今天，借给咱款的那个人找来了，训周杰像训孙子似的，他拿出借条让我看，那上面还有你签的名呢。"

叶青松转脸对周杰说："你说，当时还了钱，我明明看见你把借条撕了，如今怎么又冒出来一个借条？"

周杰嗫嚅说："我、我，记不清了。"

王生洋瞪了他一眼，转脸对叶青松说："没还钱怎么会撕借条？"

叶青松气得指着周杰："你呀，你呀，我怎么眼瞎，就没看出来你原来是只白眼狼。"

王生洋一伸手把周杰拉到了自己背后，对叶青松说："叶总，你说这话就不厚道了吧？周杰成天像是你的儿子，你叫他干啥他干啥，低三下四给公司借回钱，没钱还咱可以商量，怎么可以一口否认，跑腿的还得往里垫钱，这不合适吧？也不是你叶总的处事风格啊。”

叶青松没好气地说：“行，你说没还，把借条拿来。”

王生洋一边掏口袋，一边说：“今天债主来要钱，我幸亏多了个心眼儿，给他打了一个条，把你签字的条留了下来，你看……”在灯光的照射下，叶青松确实看清了借条上面签着自己的名字。她坚定地摇头：“这不是真的，我得请笔迹专家鉴定。”

王生洋收起借条，冷冷地说：“你想请谁鉴定就请谁，不过现在债主等用钱，你先把钱还了。等鉴定结果出来了，如果是假的，我加倍还你。”

叶青松从喉咙深处哼了一声，说：“哼，我还过一回了，不会还二回。”

王生洋嘴一咧，满脸疤痕堆起来像一只龇牙咧嘴的饿狼，叫道：“哈，堂堂公司老总，怎么耍开赖了，你要赖我也不拍，有办法治你。”

周杰连忙跑到叶青松跟前，满脸堆着笑，说：“叶总，还钱的事，公司事多，你也可能忘了。”王生洋马上接过话头，说：“这样吧，这钱我慢慢还他，你只要给我打个条，这钱算我在公司入股了，怎样？”

叶青松连看都不看他，坚定地说：“公司根本没收你一分钱，凭什么让我给你打条，说这钱是入股钱。”

王生洋问道：“你真不打？”

“对，不打不打就是不打。”

王生洋咬牙切齿地说：“你别敬酒不吃吃罚酒，堂堂公司老总居然赖账，当上赖皮了，你赖，我有办法治你这赖。”说罢，伸手拉周杰走。周杰哀求般地叫了一声：“叶总，阿姨。”

叶青松“呸”地吐了一口唾沫：“谁是你阿姨，滚！”

叶青松气得整整一个晚上没睡觉，临天快亮，才迷糊了一会儿。早晨起床，她觉得头晕脑涨，喉咙像塞了个胡桃。一摸头烧得厉害，便去附近的卫生所打吊针。打完吊针回公司已是日落黄昏，她喝了口水，准备再睡会儿。这时，屋门一响，进来一个人，原来是老杜。

老杜直截了当地说："叶总，今天晚上有人要强运公司棉纱。"

叶青松一愣，说："谁？你怎么知道？"

"王生洋。他说，周杰给公司借的钱，你不还，人家要来拉棉纱。"

"这个孬种，消息可靠吗？"

"可靠，他找了两辆货车，付双倍的工钱，今晚十二点装车，二十多个人，一个小时就装完了。"

"这个白眼狼，讹诈不成，居然哄抢呀。"

老杜担忧地说："叶总，他们用的是当地有名的地头蛇，带有黑社会性质的大阿哥。此人只要给钱，啥坏事都做得出来。你一个女人家，又这么大岁数了，怎么会是他们的对手呢？"

叶青松坦然一笑："别怕，兵来将挡，水来土掩，有办法的。"

老杜忧心忡忡地走了。叶青松睡意全无，为自己泡了一壶浓茶，慢慢喝着想主意。这不由得让她想起了十多年之前，自己做出重大选择的情景。那一年，她作为曹县的年轻党支部书记，去省里参加劳模表彰大会。会上，乔奇作为全省最富村的党支部书记领奖发言。中午吃饭时，她与乔奇恰巧坐在一个饭桌上。期间，她问他："你的村子为什么这么富，一个劳动日就分一块钱？是全省分红最高的，我村才八分。"乔奇还没作答，饭菜上来了。乔奇指着一盆花卷问："你那个地方生产小麦不？"

"生产啊。"叶青松随手拿起一个花卷，一边吃一边说，"我们那里的作物主要以小麦、玉茭为主，间作一些花生。"

"那一亩地能产多少小麦？"

"平均三百斤左右吧，最高亩产到五百斤。"

“我那里一亩小麦平均可以产到一千斤，最多的一千五百斤。”

“你吹牛吧，”叶青松哈哈笑道，“我产五百斤可以说把吃奶的劲儿都用上了。你平均一千高的还一千五，哄外行行，我是个农民，种庄稼你骗不了我。”

“爱信不信，咱们素昧平生，我骗你有意义吗？”

“那你说说，你用什么办法让地里产那么多麦子？”

这时，餐厅吃饭的人陆续离开了，乔奇对她说：“我给你说个办法，小面积试验一下，要亩产达不到一千，你把我的眼珠扣下啦当球踩。”

“好，你说——”

“不行，那咱得预先说好了，如果达不到这个数，我承诺，你可以把我的眼珠抠下来当球踩，要是达到呢？”

“要达到了，我一准儿给你买一个瑞士表，披红挂彩送到你大队办公室。”

“好，我一定能戴上你这块瑞士表，不过，你一定按我说的做。”

“你说。”

“一家一亩小麦试验田，给队里交三百斤，多的归自己，少的从口粮里补够。”

“这办法行？”

“你回去试一下，就知道了。”

两人互留通信地址。

叶青松从省里开会回家，正赶上播种冬小麦，她决定按乔奇的办法，从自己的第三生产小队开始试验，一家一亩小麦试验田，讲明试验条件。叶家庄共有四个生产小队，其他队不依了，也非要一家一亩试验田不可。于是该庄五百六十户，一家一亩小麦试验田，给队里交三百斤，多留少补。

叶家庄的老百姓疯了似的挖猪圈羊圈，淘茅厕沤草木灰，还有神通广大的，居然从远处弄回了碳铵磷肥。这一年的试验田，多的达到了一千三百斤，少的也八百，比生产队翻了一番还多。麦子收拾完毕，叶青松真的买了瑞士表，装在一个精致的小盒子里，用红绸子扎了一个绣球，坐火车跑了差不多一千里，给乔奇送了过去。乔奇只把那个大红绸绣球留下，挂到自己房间里，非要把那块表给叶青松戴上。叶青松不依，乔奇又去商店买了一块一模一样的，他戴叶青松送来的，叶青松戴乔奇赠送的。两块手表连着一对青年男女的心，他们互相写信交流生产经验。

叶青松在乔奇的鼓励下，把全大队近五千亩土地，全部当作试验田分给各户耕种，社员积极性高了，干部管理省劲多了。

尽管当地百姓都守口如瓶，叶家庄试验田的事还是通过各种渠道，传到了峪南公社十八个大队党支部书记耳朵里。他们也准备向叶青松学习，搞试验田。还没等到他们行动，峪南公社的党委书记杨生金首先急了，这还了得，在他的眼皮下，竟然有人公开搞“三自一包”，走资本主义道路。他立即召开全公社十九个生产大队党支书会议，要叶青松公开检讨自己的错误行为……

叶青松想到这里，苦笑了一下，唉，怎么又想起了乔奇，可就是乔奇，帮她走出了那段困境。

十二　抵制哄抢

峪南公社连续召开了几次会议，每次会议的问题都是批判叶青松只顾低头拉车不抬头看路，错误地推行“三自一包四大自由”的资本主义路线，希望她悬崖勒马，回到社会主义路线上来。叶青松低个脑袋始终一言不发。杨生金点名让她写书面检查，在全公社党支部书记会上深刻检查自己的错误，看她的态度再做处理，今天晚上必须把检查写出来。

叶青松回到家，苦思冥想不知道这检查该怎么写。共产党的宗旨就是为人民服务，老百姓拥护的，就是共产党员该干的。八年抗战，如果老百姓不拥护，共产党能夺得了天下？这是杨生金多次在党员干部会上讲的话。如今一户一亩试验出，十户就有十户拥护，我错在哪里？面对眼前的一张白纸，叶青松整整想了三个小时，纸上连一个字都没写。陡然她想到了乔奇，搞试验田的办法是跟他学的，那里的党组织难道不抓路线教育？公社党委难道没让他写过检查？他写检查又是怎么说的？叶青松一下子来了精神，那时，村里还没电话，她摸黑跑到了公社电信局，给乔奇打了个电话。乔奇说他那里的公社党委对试验田这件事，既不明面支持，也不反对，看见也装没看见。其实公社党委就是变相支持，土地分到户下已成公开的秘密。叶青松说，那我这里的公社书记就持公开反对态度，你说怎么办？乔奇给她出了个主意，要她如此这般行动，保赢。

第二天，叶青松早早就去公社参会，找到杨生金，说我乐意检讨自己的错误，但我文化程度浅，找不出错误根源，我想请各大队书记帮帮我，评定一下我的行为是否正确。如果大家伙儿都认为我的行为是错误的，不管我接受不接受，我今天回去都把老百姓的试验田收回来。你给我一个台阶下，即使百姓不愿意也得这么干。

杨生金虽不乐意，但又一想全公社十几个大队，就叶家庄特殊，其他大队没有这么搞，这说明这些大队支书还是支持自己的，不会被歪风邪气干扰。不如就按她说的，给她一个台阶，也给我一个台阶。另外，还能让那些大队书记接受一次深刻教育。想到这里，杨金生说："好，如果大家认为你的做法是错误的，你除了在公社各大队书记大会做检讨，还得去其他大队，向社员讲这件事的危害性。"

"好！"叶青松爽快地答应。

杨金生知道叶青松是个犟孙，她认准的事一头碰到南墙上，碰得头破血流都不回头。他其实早就想撤叶青松的职，只是叶家庄难搞，一时找不到合适的书记，叶青松其他工作还不错，就先留着。杨生金一口应承："那咱们找其他大队的党支部书记就对你的个人行为做个评定。"

叶青松进一步说："依我看，在这十几个书记的基础上，每个大队再抽几个党性强、思想好的党员参加评定。如果大家超半数人认为我的做法是资本主义，我辞职接受组织对我的处分。"

杨生金认为叶家庄搞试验田的事在群众中影响很大，为了彻底扭转这股不正之风，每个大队可抽调几个党员作为代表，参加这次评定，他们回去再做群众的思想工作，杜绝资本主义的苗头发生。他说："行，那就明天吧，今天你先回去，我在各大队抽调十名党性强的党员来参加咱们的评定工作。会议结束，你在代表会上做悔过发言。"

"好。"叶青松十分畅快地答应。

评定会设两个票箱，一个是资本主义，另一个写着社会主义。认为叶青松的做法属哪一种，可以写在无记名投票的白纸上，投入票箱。杨生金很自信，他觉得这些党员代表觉悟很高，不会拿自己的政治生命开玩笑。可他万万料不到，参加评定会的二百多名代表，投入社会主义票箱的就有一百八十张。而且，不少票上还写着贫穷不是社会主义。杨生金差点被气得背过气去。他去找时任曹县县委书记的梁生辉，希望对叶家庄的资本主义倾向采取强硬措施。但梁生辉偏偏是个愣大胆儿，很赞同叶青松的做法。恰在这时，十一届三中全会召开了，曹县在家庭联产承包责任制推广中走在了各县前面。叶青松不仅没有接受任何处分，还被作为优秀党支部书记调到农村工作队中……

叶青松呷了一口茶，思绪到现实，不由叹息，乔奇，我的乔奇，假如你还在，眼前这些事根本不算事。她心口一阵阵发疼。自从申娜来到朝阳，她自以为周杰是个正人君子，会和申娜一道管理好公司的。周杰曾经是多么好的一个年轻人。她待他比亲儿子还亲，而他照顾自己比自己的女儿还周到。是什么让他变成了现在这个样子，是金钱吗？好像也不是，他跟随自己这么多年，自己的包里几万、几十万也装过，从来都是周杰替自己拎包，买什么开支什么自己从来不过问。在公司，工人们都称他二老板。他也确实像个二老板，有些事，不经过她，他就可以拍板定音。处理得对与错，她从不责备他。他现在如此丧心病狂地对她，究竟为什么？她不仅重用他，给他特权，他的父亲王生洋，自从这次出事她才知道了周杰与王生洋是父子。既是父子，为啥不同姓，为何隐瞒他们之间的关系？她想不出来，也不想想。当初王生洋来投奔周杰，她给安排公司最轻松的活，却拿最重要岗位的工资。她对他应该是仁至义尽了。难道真的如他所说，自己打碎了王生洋的金饭碗，他们要让自己将牢底坐穿吗？叶青松打开自己的记忆闸门，搜寻了个遍。她为别人办好事无数，办过就办过了，过去也就忘了，至于她打碎别人饭碗，甚至金饭碗的事，她想得脑袋疼，都没想起自己干过那样缺德的事。

至于虚开虚抵的事，一开始周杰父子做的事确实让她心里堵得慌。尤其是申娜的死，更让她对周杰父子的做法难以理解。是不是哪里有了误会？如果今天晚上哄抢棉花的事成真，那就证明他们已经完完全全站到了自己的对立面，关系到了水火不容的地步，这就不仅仅是背叛不背叛的事情了。

黑夜中，叶青松打开手机，看看已经十一点，离他们约定的装棉纱时间还有一个小时。她既希望这事是真的，又希望一切只不过是老杜谎报军情。一个小时的时间，有时只是眨眼的工夫就过去了，有时又觉得它像一个世纪那么漫长。

十二点到了，叶青松竖起耳朵听外面的动静，这时，只听见大铁门“吱”地响了一声，接着有汽车声、脚步声，隐约中，还有窃窃私语声。叶青松从床上爬起来，透过玻璃向公司大院看。两辆“前四后八”已经停在了库房大门口。车两侧站了十多个彪形大汉。库房门无声地打开了。一辆“前四后八”倒进了库房里。接下来，只听见噼里啪啦的棉纱碰撞车底板和车帮的声音。叶青松在心里骂了声，白眼狼，你终于行动起来了。她打开手机，拨出去一个号，很快，手机那段传过来一个声音，十分钟内到。

工夫不大，公司外果然有了杂乱的脚步声。一眨眼的工夫，公司大门又打开了，一下子拥进来五六百号人，有拿灯笼火把的，也有拿棍棒镢头的，一刹那，公司院内的灯亮了，加上进了那些灯笼火把，把公司大院照得如同白昼。正站在旁边看装车的周杰和王生洋一下子愣住了，往车上装棉纱的那些彪形大汉也愣了。这时，从人群中走出一个人来，正是镇党委书记陆大海，陆大海嘿嘿一笑，来到了王生洋的面前。王生洋往后缩了一下，又立刻挺直了腰板，迎着陆大海的目光，说：“你干什么？”

陆大海冷冷一笑：“这话应该我问你，你们半夜三更这是干什么？”

“干什么，问叶青松去。我儿子给她在外借了三百万，这已经三年了，她不提还钱，还赖账。债主逼得我们要上吊，不得已来拉棉纱抵债。”

“你说人家欠你钱就欠了？”

“不是欠我，是欠人家的。”王生洋说着，向正站在“前后四八”旁装棉纱的彪形大汉招了招手，大汉立刻来到了陆大海前面，不客气地叫喊：“怎么啦，快装啊。”

王生洋故意说：“王哥，叶老板可是欠你的钱，你要不急着要，咱这棉纱今天就不装了。”

“谁说我不急着要，看着叶青松人模人样的是个正人君子，当初我才借给她钱。谁知道这母夜叉整个一个大骗子，人渣。拿着我的钱，本不说本利不还利，给她要，她还满嘴冒沫胡说八道。我们没办法了，才叫她以棉纱抵债。”

“欠钱的证据呢？”

彪形大汉朝王生洋叫：“兄弟，把欠条拿出来。”

王生洋从口袋掏出来一张纸，在远处亮了一下，便装进了口袋，说：“看到了吧，欠条上有她签的名，这还有假。”

陆大海说：“欠条是真是假有待法院去认定。反正，你们今天的行为就是哄抢，绝对不可以。把棉纱扒下来，赶快开车走人。”

“啊呵，怎么？她欠款还倒有理啦，哄抢，她给我们还钱我们不哄抢！装！欠款还债，天经地义，没钱以物抵债，理所当然。”

陆大海一步跨到了车跟前，伸开双臂阻拦，说：“我说不能装就不能装。”

彪形大汉也跨前一步，说：“狗逮耗子多管闲事，别逼我动手。”

陆大海一步也不示弱，说：“这是我们镇唯一的企业，每年纳的税养几千人呢？公司的事就是我们镇政府的事，棉纱一包也别想拿走。欠你钱可以去法院，让法院来执行。”

彪形大汉把袖子往起一撸，说：“我今日格非要装呢？”

陆大海朝身后喊：“工人们，朝阳是你们赖以生存的企业，有人要哄抢，你们答不答应！”

“不答应！不答应，有人敢抢，我们把他砸成肉泥。”说着，几百号人向着车围拢而来，他们手中的棍棒镢头碰撞得叮咚作响。几个车上车下等着装车的人见状，悄悄溜下来，顺着人群的缝隙，向外溜。王生洋见状，慌忙上来，伸开双手，一手挡住彪形大汉，一手挡住陆大海，连连说：“兄弟，兄弟，别伤了和气，有话咱好说。”

彪形大汉顺势向后退了一步，说，“怎么啦？凭人多打架是不？来呀，棍棒向脑袋上打，我正被这点钱闹心着呢，能死在你们手上也不用我再来催债了。”

王生洋随声附和，说：“可也是，我们催债催多少回啦，叶总根本没把这当回事。你说一个女人家，我们跟她软不得硬不得，万般无奈，才出此下策。今天正好陆书记来了，兄弟，这是好事，陆书记一出面，你的钱就有指望啦。我父子再也不受这夹板气了。你说是不是，陆书记？”

陆大海说：“你们有经济纠纷，可以找法院呀。法院真认定她欠你们钱，它有执行权，用不着你们这样来。说得好听一点，是你们想往回讨债，说得难听一点，你们这是抢劫。先不说你们经济纠纷是真是假，半夜来公司打开库房门强行装棉纱，凭着一点，就可以起诉你们抢劫。抢劫罪要比其他罪行重得多，明白吗？”

“明白，明白。”

“明白就好，现在你们可以开车走了。”

王生洋一边往外走，一边说：“陆书记，你既然插手了，那就管事管到底，这王老兄可不是个善茬，逼得我父子要上吊。”

“那你明天就去法院起诉。反正，同等的错误不能犯两次，好歹今天抢劫没有形成事实，放你们走了。下次，不管说啥，你们只要敢来，我立刻让派出所当抢劫犯抓你。”

前面几人带着王生洋他们走了。陆大海面对一大群工人说：“工人同志们，厂荣我荣，厂衰我衰。朝阳公司是大家的衣食父母，我们要把它当眼珠子看。公司停产期间，大家轮流保卫厂子的安全。二十个人一班，白天黑夜轮流。大家回去有三轮的开三轮，有车的开车，停在这几个库房和车间前，停产期不许丢一根棉纱。”

“陆书记，放心，我们会的。不知道厂子啥时会开始生产？”

“快了快了，公司查账如果没多大问题。况且，国家查账是为了规范企业，企业停产不是他们的目的。”

十三　世态炎凉

陆大海送走工人，转身向叶青松的办公室走去，刚一进门，叶青松就说：“周杰父子真不是东西，居然敢来公司哄抢。陆书记，今天的事，谢谢你。”

“谢我？我倒应该谢谢你，一个六十多岁的女人，千里迢迢来我县发展经济，一年为县上缴那么多的税款。保护地方企业，是我们义不容辞的责任。叶总，你真有借大阿哥的钱。”

“前年，上面贷款一时打不到位，急等购棉花，让周杰出去借过三百万，不到两个月就还了。”

“那他们手里怎么会有你借款的欠条。”

“那不是真的，当时钱还了之后，周杰手拿一张纸，对我说这是欠条，我连看也没看，对他说，钱还了，还要个欠条干甚，你把他撕了。这都两年了，他再也没提过。昨天，周杰和他爸突然来找我，说要没钱还得话，也可以给他算作入股的钱，让我给他打个条。我当时对他说，你没拿钱，我凭什么给你打条入股。一来二去吵翻了，他说你不给有办法，想不到居然来抢劫了。”

“关于那个借条的事，如果是他伪造的，伪造得再像，司法机关一鉴定就鉴定出来了。如果是当初你还了钱，周杰有意把借条藏起来，在你面前撕的是伪造的，可就麻烦了。他拿着有你签名的借条向你要钱，你还真说不清楚了。”

“不怕，真的假不了，假的也成不了真。他把不可能这事做得天衣无缝，在不经意的地方总会留有漏洞。我心里根本没将他当回事，我跟他耗下去。你这么有担当，我得好好谢你。”

“谢来谢去的话就不要说了，就说眼前的事怎么处理。这次查虚开虚抵，我听说查处的数额不小，你应该有思想准备。”

“对于虚开虚抵的事，我还真捣鼓不清楚。自从申娜来了，我把业务全交给她，公司大事小事全由她处理，加上有周杰，我基本是放心的。至于他们在财务上捞点小外快，我认为水至清则无鱼，只要不弄出大事就行。可我万万没想到，这几年的账目几乎都是王生洋一手操纵。我不知在什么地方得罪了他。他说我打碎了他的金饭碗，要叫我将牢底坐穿，这次查虚开虚抵是国家政策，他正好逮着机会报复我。”

“这事你也别太紧张，明天就此事我专门向书记县长汇报一下。还是你那句话，真的假不了，假的也成不了真，县领导一定支持你。”

“谢谢你，陆书记，有了你，我再也不会感到势单力薄了。”

“你又来了。别老待在办公室，你身体本来就不好，回家去，好好休息，放松放松。这样才有精力对付这些突发事件。”

县郊，一个僻静的茶吧雅间，古县公安局副局长杨生坤和王生洋相对而坐。杨生坤说：“哥，你这么聪明，怎么犯开糊涂了，竟敢开上车明目张胆地去公司装棉纱，这不是哄抢吗？”

“哄抢，你也说我是哄抢，她欠钱不还，不哄抢能跟她要下钱？”

“你别跟我嘴头子硬，这事没形成事实，如果你昨晚拉走一捆棉纱，看县委周书记敢不敢叫人把你抓起来投进监狱。”

“这次叫母夜叉捡了个便宜，等哪一天我弄住她，非往死里整她不可。”

“哥，你怎么会跟她有那么大仇？叶青松那人虽是个外来的，她在古县人缘不错，开公司这几年，当地的路是她修的，所在村的老百姓用电全是公司负担。村子里的贫困户五保户逢节日发米发面。谁家有个难事紧事，只要张开口，她是有求必应。她是省里有名的慈善企业家。人常说，人不亲土亲哩。同为曹县老乡，你为何对她总是穷追不舍？”

“她对我那事没有放到你身上，要放到你身上，你没准比我狠。”

“究竟什么事？你在她公司干，她事事处处照顾你，周杰在公司差不多当一半的家，你还要怎的？”

“给你说不明白，那就不说了。段陆海给你那材料让公安局往上报，你报了没有？杨生坤淡淡地笑了一下，说：“这是整一个民营企业家，哪个当领导的不考虑考虑，把企业家都整倒了，谁给他交税。”

“别给我讲大道理。说实话，事情进行到了哪一步？不说我就走了哦。”王生洋说着，站起身来，做出一副要走的样子。他知道这个堂弟对本家人还是亲近的，也很照顾。

“不是跟你说了吗？材料已经送给了县人大和周书记了。周书记说这事半点马虎不得，一定要核实清楚了，确保证据确凿，万无一失。”

“板上钉钉的事，核什么核，真是多此一举。速战速决，将她抓起来一审，啥都落实了。”

“哥，这样的话，你还是少说，以后也再别说了，让人听见了，对你有看法。”

“哼，看法，她虚开那么多的发票，别人对她有看法吗？”

从茶吧出来，王生洋低头向往外走，嘴里咕哝着：“母夜叉，我让你嚣张，你的末日到了。”他只顾低头走路，猛抬头发现一个人站到了自己面前，吓了他一跳，紧接着不由笑骂道："死二子，吓老子一跳，你站到这干啥？"

"等你啊，你上哪去了？我等你好大一会了。"

"上你叔那去了，问下那材料递得怎么样了。"

"怎样了？"

"书记让落实，段陆海领着他那伙外出落实了。"

"爸，对这事我心里含糊得不得了。你弄那些票也不知道能不能把她整倒，再加上借款的事，万一把她整不倒，我们可就惨了。"

"净说丧气话，段陆海不是已经查了，认定她是全省最大的经济犯罪案，根据案情她得判死刑吗？"

"不是还没落实吗？段队长出去调查，也不知道结果怎样。这两天我心里七上八下的，总也不得安宁，昨晚一晚没合眼，老是回想欠条的事。我给她欠条时在财务室，当时好像她正在和申娜说话，柳叶儿坐在桌前不知忙什么，也不知道她留意我撕欠条的事没？要是他们出面证明我已将欠条撕了，如今怎么又蹦出一个欠条，这不是弄虚作假嘛。到时，咱们怎么办？"

"净自己吓自己，已经两年的事了，谁会为你一句话一个动作记到现在。"

"反正我心里不踏实，咱干得好好的，干嘛出这洋相。你说这两年咱在公司捞了多少好处，她要不信任我了，往后啥事咱也插不上手啦。"

"她都自身难保了，要她信任管个屁用。开弓没有回头箭，这事非弄到底不可。棉纱没弄走没关系。段队长领人外出调查了，调不调查，她这回进监狱就是板上钉钉的事。到时，你是办公室主任，以前的股份加上现在的，管理朝阳是名正言顺的事儿。"

叶青松在古县经营企业十多年，朝阳的所在地恰在陆大海的管辖范围内。他在这个镇当了七年的党委书记，没少对朝阳提供帮助。

因此，他们与公与私的关系都十分融洽。这段时间，叶青松是最需要人关怀的，哪怕说几句安慰话，问候上几句，也是对她的极大支持。陆大海决定抽个时间，和他聊一会，设法开导开导她，看如何化不利因素为有利因素。他给她打电话无人接听，办公室无人，住所屋门紧闭。她突然失联了，陆大海十分担心。她身体不好，精神压力又这么大，唯恐她一时情绪失控做傻事。他找遍了叶青松经常去的地方，结果连个人影也没有，莫非……陆大海做出了一个大胆决定，找开锁匠打开了她在县城家的门。屋内的情景让他惊得目瞪口呆。这天，叶青松血压突然升高，头晕目眩，眼前乱冒金星。她想给女儿打个电话，可无论如何抓不到手机，便一头栽倒在了沙发上。过了大约一个多小时，陆大海来了，见此，他的眼中热泪滚滚。这个身在他乡异地的六十多岁的女人，孤身一人，千里迢迢来古县，搞企业有方，曾经披红戴花，被多少人追捧、羡慕，为当地的经济做出了多大的贡献。可如今，几天的时间几乎将她整趴下了，曾经威风八面的人物，如果今天死了，有谁痛惜，有谁怜，又有何人来为她收尸。

陆大海急忙为她服下药，做了紧急处理，把她送到了医院。陆大海一直守到她完全清醒，并安慰她说：“就算朝阳有重大经济问题，你也是监管不力。段陆海这不是外出调查了嘛，问题还没落实，还不知道事实真相如何呢？你现在要紧的是振作起来。”

再坚强的人也有他脆弱的一面，叶青松泪如泉涌：“陆书记，你是最了解我的，换届确定人大代表候选人时，我正在上海开订货会。县组织部打电话要我本人的简历，我才知道我被推荐为古县出席市的人大代表，怎么能传言我是花钱买的代表呢？”

陆大海点头说：“对，这事我清楚，为人不做亏心事，不怕半夜鬼敲门。他们传言你花钱买人大代表，很可能觉得你与刘玉堂关系不错，是他把名额给了你。实际情况是咱县有一个外来农民工的代表名额。人大工委选来选去，唯有你符合条件，所以就推荐了你。对那些谣言，你大可不必放在心上，雪里埋不住死尸，事情总有大白的时候。”

说到这里，叶青松突然想起了刘玉堂，她活了六十多，这段日子可以说是自己人生中最黑暗的日子。她爱交朋友，讲义气，在古县十年，结交了不少无话不谈的朋友。自打查她虚开虚抵以来，那些朋友该来的不来了，有的见到她甚至避开走。她明白大家都在回避自己，自己也就在不去人多的地方。旁的她能放下，说她花钱买代表始终让她心里发堵。叶青松决定去找刘玉堂，向他打听情况，倾诉委屈。

刘玉堂也是曹县人，他与叶青松的家一个在县境最南一个在最北，相距三百公里。但曹县两个字，紧紧把他们连在了一起。叶青松只有三个姐姐，她把刘玉堂当作自己的亲弟弟，她来古县十年，起码有八年的春节他们是在一起过的。刘玉堂的几个孩子，全叫叶青松姑。叶青松的两个女儿来古县看妈，必去刘玉堂家探望舅父舅母。叶青松喜欢购物，一年中，刘玉堂的一家大小，冬买棉，夏买单，全出自叶青松之手。古县在全市的十多个县中，是经济最不发达的县。但古县儿子娶媳妇的彩礼却比周围几个县高得多。刘玉堂虽官居县人大副主任，但上有老下有小，虽生活过得不艰难，但折子上的存款却不是太多。大儿子娶媳妇，除聘礼外，还得购置一辆上档次的车，叶青松一拍胸膛，婚车姑包了，新郎新娘的礼服我已在大上海裁缝店定制好，随时可以去取……

叶青松记得刘玉堂已好多天没来自己这里了，被搞得焦头烂额自然也没闲心去他那里。陆大海从医院把叶青松护送回家，她突然想起应该去刘玉堂家。刘玉堂的老婆做的一手好家常便饭，隔三岔五地在她家吃饭。她拿起电话，拨刘玉堂的电话，连着拨了好几个都无人接，拨固定电话也无人接。她放下话筒，心中不由又惦记起来。十年了，她与刘玉堂情同姐弟，多日不见，电话又打不通，他干什么去了，该不会家里也有事吧？她急得在屋内转了好几个来回。陡然发现刚才陆大海送自己回来时，把手机忘到了这里。她刚拿起手机，门铃响了。陆大海来取手机了。她把手机递过去，一个念头在他心头一闪，不由得对他说："我刚才给刘玉堂拨了好几个电话，都没人接听，我想他是出去了。用你手机拨一下，看他这会回来啦没？"

陆大海把手机扔在空中翻了个个儿，沉思良久，说："叶总，这个电话就不要打了吧。你气已经够多的了，不要加气。"他的话更勾起了叶青松的好奇，为证实预感，她坚定地说："打！用你的手机拨过去，就说你找他。"

陆大海无奈地叹口气，就把电话拨了过去。工夫不大，电话有人接了，陆大海按了下免提，只听刘玉堂在电话那端说："啊呀是陆书记啊，难得！难得！陆书记，有什么事吗？"陆大海说："没什么事，你在哪里？"

"在家。"

"忙吗？"

"不忙不忙，这几天机关也没什么事，去看看报纸就回家了。"

"那好，我想约几个好友去西山水库钓鱼，不知你有没有兴趣？"

"行，什么时候？"

"等我约好了再给你电话，我这里有一个人，不知你有兴趣接她电话吗？"

"谁？"

陆大海把手机顺手递给了叶青松。叶青松是个自尊心极强的人，此时，竟然把刚才的不快全忘了，像见了久别的亲人那样，极力把哽咽咽进肚去，平静地说："玉堂，是我，你姐。"电话那端的刘玉堂沉默片刻，解释说："刚才我出去了，没带手机，有什么事你说吧。"

叶青松嗫嚅了一下，接着说："我想问你个事，你看有时间吗，咱们在一块坐坐？"

“哦，对不起，明天市人大组织培训，至少一周，回来再说吧。”

“那今晚呢，这才七点多，不到八点。”叶青松强压心头的不快，故意说。

“哎哟，姐，太不凑巧了，我这里还有机关几个人，商量点事。你看，你还是等我……”电话挂了，叶青松把手机，狠狠摔在沙发上，随口骂了句“势利小人”。

十四　人大告状

叶青松吃罢晚饭，左思右想，觉得还是得到刘玉堂家去一次，刚才的电话，让她憋了一肚子气，相处十年了，还真不知道他是这么一个人。转念一想，也许他真的要去培训，也许此刻家中真有同事议事，自己错怪他呢。叶青松起身去了刘玉堂家，刘玉堂住在县城后街，离叶青松住的地方也就一公里。去后街要经过县城的大街。大街的夜晚和白天一样热闹，路两旁的路灯把大街照得如同白昼。各种各样的水果、小吃、玩具，甚至还有一些摆地摊的衣物，把个大街摆得如同集市。夜晚街上的人依然不少，大多是上班族，他们拖儿牵女，一边观赏两边的各个小摊，一边走着消食。

叶青松穿过大街，走过一个十字路口，就到了后街。她刚拐过弯儿，陡然想起，刘玉堂家有八十多岁的老父老母，孙子也都上中学了。以前，他的父母待自己如同亲闺女，拉住手问长问短，一聊就是半晌。他的几个孙子更和她亲，老姑长老姑短叫个不停。有的还把自己零食拿出来往她嘴里塞。因此，刘玉堂家的各种好吃食和玩具，差不多都是出自叶青松之手。此刻，她拐进一家蛋糕店，奶油蛋糕、巧克力蛋糕买了两大兜。刘玉堂的小孙子刚上五年级，叶青松又从玩具摊上买了支玩具步枪。迎面过来一个人，是刘玉堂的邻居，他打招呼道："嗨，叶总，过来了，去刘主任家？"

"哦，对对对，刘主任在家吗？"

“在，我刚从他家出来，他家有吃宵夜的习惯，一家人正准备吃宵夜呢，你去恰巧赶上。”说罢，径直朝自己家方向走了。

叶青松笑笑，这就朝刘玉堂家门口走去，到了，伸手按了下门铃，只听院里一个奶声奶气的声音问：“谁呀？”

叶青松听得出是刘玉堂最小的叫童童的孙子，便回答：“童童，是老姑，开门呀，看老姑给你带来什么玩具。”接着，便听见童童欢快地向院门口奔跑的声音，随后，是大人沉重的脚步声，小孩被捂住嘴的呜呜声，含糊不清的咕哝声。过了大约几分钟，只听童童带着哭腔向外喊：“老姑，我睡觉了，你明天来吧。”叶青松什么都明白了。古县县城传言，自己是全省最大的经济疑犯，刘玉堂一家人不愿见她。一刹那，叶青松心里像喝了一大碗醋似的抓挠得难受。她无处发泄，随手把两包蛋糕摔在了刘玉堂家的大铁门上，那支玩具步枪用脚一跺，手一板，成了两截，扔在了那里，扭身向回走。

与此同时，在王生洋的屋里，几个人正在讨价还价，屋内有七八个男女，还是抢棉纱抵债的那几个外县人，领头的大阿哥一挥，说：“嗨，咱们都是老人手了，这回去县人大告状还和上回拉棉纱时的说法一样，这三百万是咱们的血汗钱，叶青松借走三年了，本利没还一分钱，请县人大清官大老爷为民做主。”一个高个男人问：“人家不管怎么办？”大阿哥说：“他要不管，我们就把门堵喽，躺到他大门口去，他们总不敢开车把我们轧死。”

一个五十来岁的女人问：“这回，会不会和上回一样，弄一帮手拿棍棒家什的人来揍我们。”

王生洋说：“不会。上回是厂里那些工人们怕厂子破产呀，咱们拉走棉纱，他们工资没着落。这回是县人大，专门负责监督的。今天开会专门讨论处理叶青松的事，一告一个准儿。完了，除给你们每天二百元的工钱外，还去好再来酒家吃大餐。”

大阿哥挺起大肚，蒲扇似的两只手在空中舞了两圈，张着大嘴，得意洋洋地叫喊："怎么样，大阿哥够意思吧，你们背砖拉车一天也不过百十块，这不出力不流汗嘴巴喊几嗓子，二百老头票子装入口袋，还免费吃大餐，下回还来不来？"

"来来来，下回来时还叫我。"

高个男人说："包不包，要干，咱天天干。"王生洋说："只要你表现好，每回好事都找你。"

叶青松愤怒极了，肚子气得像石鼓，呼呼喘粗气。她不知道怎么回到了自己的住处，扶住门框，努力让自己的气喘匀一点，正准备摸出钥匙开门，陡然听到有人叫，叶总。她回头一看是王生洋，正不知道如何朝他发火，王生洋说话了："我今天找你，还是关于那三百万的借款问题。你看，咱也不用从财务上支现钱了，还是把它在公司入了股算啦，你只要给我打个入股的条即可，咱们……"

叶青松的火气终于像火山似的爆发了，她可着嗓子喊了："滚！上回我已给你个王八崽子说了，我不欠你一分钱，凭什么让我给你打三百万的入股条，做梦吧你。"

这一嗓子确确实实把王生洋从内心深处震了一下。随即，他也没好气地冲叶青松嚷："死到临头了还张牙舞爪，既然你不知好歹，也别怪我做事不留情面了。"

次日早上，刘玉堂家里，他八十岁的老母亲早早坐在了家门口，等着刘玉堂出来。工夫不大，刘玉堂收拾停当，手提一个包出来了，老母亲轻喝一声："站住！"

母亲从来没用这种口气跟他说过话，听言，刘玉堂立刻停了脚，问："妈，什么事？"

"昨晚你叶青松姐来过了？"

"没有啊，谁说的？"

"童童说的，你看，他不正坐在那哭嘛。"

刘玉堂回头一看，只见童童怀里抱着那支两截的步枪，脚边放着那两袋摔破了的蛋糕，正抽抽泣泣地哭呢。他明白了，便连忙辩解说：“她好像来过，她来时我已睡下了，叫她明天来。”

“胡说，童童说你刚端上碗吃夜宵，她敲门，童童去开门，你不让他开，你让他说，你睡下了，让她明天来。有这事吗？”

还没等刘玉堂回答，他的妻子何月梅说话了：“妈是这样，昨晚叶青松确实来过，是我不让童童开门，朝外喊睡下了，这是我的意思……”

老母亲立刻接过话头：“你们做事太差劲，叶青松是谁，咱曹县老乡，差不多十年了，咱们相处得比亲人还亲。待我们老两口比你们两个姐还好。对你们，像对娘家的亲兄弟。人不能没良心啊，不行，你们今天必须得把她给我找回来。”

何月梅连忙解释：“妈，你不知道，那叶青松她犯了大法，这回查虚开虚抵，查出她好几千万。你说，咱跟她搅在一块有什么好？再说了，你儿子在县人大当主任，都这个时候了，你让他和她纠缠不清，上头要查，那还不要了你儿子的命。”

“一人犯法一人顶，咱不能因为她犯了法，就没个人情味。”

“妈……”刘玉堂不满地叫，“人大徐主任马上要退了，按说，轮也轮上我了。可是现在好几个人都盯着这个位子，在这个当口儿，我要再和她掺和，叫别人发现了，反映到领导那里，我就是浑身是嘴，也说不清，即使跳到黄河也洗不干净了，这个位子还能轮得着我吗？”

“哦，闹了半天你怕受她的害啊。你怕我不怕，咱们分开过，我和你爸搬回老院去。叶青松遭了难，她正需要亲人的呵护，我不能丢开她不管。”

何月梅满是情绪地顶撞婆婆：“妈，你这么不知道远近，玉堂是你的亲生儿子，叶青松她是两姓旁人。”

“我不管它两姓，还是三姓旁人，十年了，就是一块石头也暖热了。叶青松是个有情有义的人，咱可不能瘸腿上用棍敲，做不仁不义的事。你要认我这个妈，去把她给我叫回来。”

“这……”刘玉堂嗫嚅着不知该说什么。何月梅走上前来，用手在婆婆的胸前一下一下推，边推边说：“妈，行，既然你老坚持要见她，玉堂今天有个重要会，过会我给你去叫。”刘玉堂用手悄悄捅她的脊背。何月梅会意，立刻把他往外推：“不是有重要会议吗？快去，叶青松的事让我处理。”说着，连推带送，将刘玉堂推到了大门外，悄声说：“你傻呀，跟一个八十岁的老太太较什么劲。过会我买菜出去一趟，就说叶青松外出了，妈又不会打手机，又跑不了，哄她开心就是了。”

刘玉堂用食指戳了下何月梅的脑眉心，笑道：“还是做教员的人脑子里弯弯道道多。”

人大常委会的会议室里，已陆陆续续地来了好几个人，刘玉堂坐在自己的位子上，有滋有味地喝着茶。这时，王自强进来了，他已经知道了昨晚叶青松找刘玉堂的结果，他本来就对刘玉堂没好感，此刻，更是厌恶。刘玉堂见他进来，也和其他人一样，向他打了声招呼。王自强不失时机地说：“刘主任，我看你红光满面的，有什么喜事呀？”

刘玉堂哈哈笑道：“有喜事好啊，咱巴望着天天有喜事，今天咱们就是为喜事而来。”

“喜从何来？”

刘玉堂看看人都到齐了，便对大家说：“现在时间到，人也到齐了，咱们开会，由许主任宣布咱们今天常委会的议题。”

许主任清了清嗓子，说：“关于公安局提交市人大代表叶青松虚开虚抵，扰乱经济秩序，请求罢免她人大代表资格的议题，我嗓子疼，还是请大家发表意见。”

刘玉堂首先发言：“刚才，那位常委问，喜从何来，这不喜事来了。大家知道我们人大是监督机关，监督司法机关公正司法。公安局提交的这份材料，是为了纯洁我们的代表队伍，把有重大经济犯罪的嫌疑人清理出去。大家说，这是不是喜事呀？”

王自强举手发言：“对，我认为这是喜事，天大的喜事，咱们通过今天这个会看清了一个人的本来面目。叶青松曾被有关部门授予明星企业家、慈善企业家、三八红旗手、巾帼英雄。现在，从公安局提交的材料看，她就是个十恶不赦的经济罪犯，究竟是当初授予她各种花环的部门错了，还是她本身就有错？这需要在座的各位认真研究探讨一下。”

大家不说话，刘玉堂接着说：“授予她荣誉的部门没错，当初，叶青松确实为社会做出了不少贡献，给她荣誉和奖励都是对的。错就错在她本人贪念不断膨胀，才导致她今天虚开虚抵好几千万。”

大家没作声，你看我，我看你。

王自强接着说：“关于虚开虚抵的事，我听说省国税局已外出调查去了，究竟有多大问题，咱们应该等落实了再谈这个问题。我在这里提醒大家一句，据我所知，朝阳公司的财务上一直有专人管理。叶青松究竟是直接经济犯罪还是监管的责任，有待进一步落实。叶青松是咱们县纳税大户，在座各位的工资，其中有一部分就是她缴的，希望大家不要急于给她定罪，罢免她的代表职务。”

刘玉堂急于表明自己的政治立场，站起来正要说话，陡然，会议室外传来一阵嘈杂声。大家还没弄明白咋回事，只见七八个男女哭着喊着闯进了会议室，前边两人各抓一头，扯起一条白布，横幅上写：叶青松还我们的血汗钱。冲在前面的一位五十多岁的妇女，进门咕咚一声，朝坐在会议桌周围的人转圈磕头，连哭带喊：“青天大老爷，我求你们行行好，叶青松借了我们这些人总共三百万，这都三年了，分文不还。我们一家人指着这生活，我男人有病了，住院都没钱。”

高个男人袖子往起一撸，唾沫星四溅地叫喊：“你们是领导哩，问她给不给钱，不给钱将她抓起来，抄她家产。”

王自强听叶青松说过周杰父子为那三百万，组织人哄抢棉纱的事，他想，这伙告状的和那伙哄抢棉纱的是不是一伙人？于是，他站起来，走到那伙人面前，问：“叶青松真借你们三百万？”

“真真的，我们凑了三百万，本来想得个高利，结果，现在连本钱都要不回来？青天大老爷，请你们为民做主。”

“有有有，”那个妇女冲前面叫，“大阿哥，快把借条拿来，整整三百万。”

被称作大阿哥的人来到了王自强面前，问：“你要借条准备还钱？”

“准备还钱！但我们一要通过笔迹鉴定专家鉴定借条真伪，二要看看那天晚上也打着叶总欠他三百万不还的招牌哄抢棉纱，跟你们是不是一伙。”

大阿哥蛮横地说：“谁说哄抢了，那是以物抵债。”

王自强说：“这么说，你和那天晚上抢棉纱的是一伙的？”

“一伙的又怎么样？”

“咱得有个说法，那天晚上棉纱丢了十几捆，价值好几万，是不是你那伙抢去了？”

“胡说八道，我们一根棉纱都没拿走。”

“朝阳公司已报案了，拿没拿，公安自有办法证实。通信员……”

“到！”

“快去给公安局打电话，那天哄抢棉纱的有线索了，让刑警立刻赶过来。”

一听说公安局要来，那个跪在地上的妇女立刻爬起来，嘴里说着，我去趟卫生间，边说边走。高个男人见了，也慌忙跟了出去。

大阿哥伸出食指，指了一圈，说：“我们只是为要回自己的钱，不得已来告状。你们竟动用公安，你们……”

王自强说：“我们只是想给公安局破案提供一点线索而已，没有要怎么你们的意思。”

大阿哥胳膊在空中挥舞了几个圈，叫喊：“你们要怎样我们也不怕，欠款还债天经地义，谁也挡不了。走！咱们不和他说了，回家取那母夜叉借款打的欠条，到时白纸黑字，看他们还有甚说的。”说完，扭头就走。其他几个人早已到了楼梯口，见大阿哥也走了，这就飞快地走下了楼梯，转眼没了踪影。只留下了那条白色的横幅被他们踩得肮脏不堪。

十五　好友来访

刘玉堂的表现，无疑是给叶青松糟糕的心情雪上添霜。她心里烦透了，好像世界末日就要来临。晚饭，她胡乱将就了一口，就躺在床上，盯着天花板出神，此时此刻，突然又想到了乔奇，想扑在他怀里倾诉心里的委屈,靠在他的肩膀上大哭一场。乔奇就像哄襁褓中的婴儿，细声细语地安慰她、开导她，给她分析目前形势的利弊。然后顺着哪条路，怎么走下去。乔奇，乔奇，乔奇，她发疯似的思念他，刻骨铭心地爱他，却又痛彻心扉地恨他。你犯了那么大的错，做了感情的叛徒，怎么指望向我忏悔一次就让我原谅你。刘备请诸葛亮还三顾茅庐呢，你再怎么说也得两三次跪地求饶吧，让我原谅你也得有个台阶下啊。你酗酒酿下癌症的祸根，为感情的失落而死，活着的人为你的执拗后悔到死。你是我最牢固可靠的肩膀，可这肩膀没有了。现在我靠谁？和刘玉堂交往近十年，我待他比对我三个姐姐还亲，到头来，大难还没临头，便各自飞了。我现在的心里的话对谁说。陆大海，这个企业所在地的党委书记，对我是帮了天大的忙，可要深层次地交流，他似乎还欠缺一点什么。乔奇，我现在该怎么办，怎么办，谁能帮我，谁是我的主心骨，谁能为我遮风挡雨？叶青松边哭边念叨，痛苦万分，良久她猛然惊醒，不行，大风大浪都过来了，不能在这小河沟里翻了船。

就在这时，门铃响了，她一听，竟然是化工厂老板王自强。对，我怎么想来想去，就没有想到他呢？她翻身下床，连拖鞋都没顾上穿，便去开门。

王自强是她在古县最好的朋友知音，当年，她一赌气，坐火车来到了古县，下了车，像一只无头的苍蝇，正在茶馆喝闷茶。王自强来了，他们对视良久，王自强一下子喊道：“叶青松，啥风把你吹到了这里？”

“啊，王自强啊，省企业家协会一别，转眼都两年多了。我今天驾着头云四下观看，发现这里是块风水宝地，宝地一定有贵人，原来这个贵人是你啊！”

“贵人谈不上，知己朋友嘛，可以算一个。说说，你驾云头在寻找什么？”

“风水宝地。”

“那你可真找到了，古县这块沃土，很适合咱们这些不安分的人生存。怎么，想为花生油厂找个分厂？”

“可以打破局限，多方选择。”

“你可喜欢纺纱行业？”

“干一行爱一行，只要干上了，自然就喜欢上了。”

“那好，眼前真有这么个好机会，距县城二十多里的半山腰，有个阳光纺纱厂。那里地理位置好，厂房、设备在眼前来说是最好的。老板因经营不善破产，县上正在招商引资。你如果喜欢，我可以带你先去看下阳光的环境，定下之后去见县领导，县上给的条件优惠着呢。”

叶青松因赌气出来，想不到天赐良机，给了自己这么一个发展机会。她一看到朝阳纺纱厂，立刻就喜欢上了这里，工厂的位置、厂房、设备无一不中意。她立刻和县上签署了招商协议。她既从家出来，就不计划带走花生油厂的一分一毛，要凭自己的能力，为阳光的新生蹚出一条路。

王自强还以化工厂的名义为叶青松贷了一笔资金，另注册了朝阳。仅时隔两个月，朝阳纺纱有限公司便开始投产。在剪彩的那一天，县上领导都来了。王自强亲自主持剪彩仪式，他在祝酒词中说，我与叶青松相识于省企业家协会，用协会会长的话说，这是一只金凤凰，飞到哪里哪里生金。如今，有幸落在我们古县，它将为古县生出一个个的金蛋子来……正如王自强所说，叶青松到古县注册朝阳纺纱有限公司，一步一个脚印，经济效益打着滚儿地向上翻。天有不测风云，十多个年头过去了，就在她个人连遭不幸的时候，一场意想不到的灾难又从天而降，王自强听说了这事之后，连夜赶了过来。

叶青松赤这双脚，一溜小跑打开了门，一个高大魁梧的男人站在门外，她一下扑上去，用手拍打着他的双肩，说："你怎么才来，你这怎才来，屈指一算，咱们已经有一年多没见过面了。"

王自强轻轻拍打着她的脊背，像哄一个号啕大哭的小孩："别哭！别哭！有啥话让我进家再说吧。"

叶青松这才发现，两个人隔着门槛，一个里一个外，便不由扑哧地一笑："不好意思，我情绪有点失控。"进到屋里，两人并排坐在沙发上，四目相对，一时竟无话可说。

"这么长时间，你去哪儿了，怎么连个电话也没有？"

"唉，一年多了，我家属有病辗转大半个中国，甚至还跑到了国外。心里烦，手机丢家里，用的是我老婆的手机，所以也没心情也没时间给你电话。"

"她现在怎样了？"

"阎王爷已下了帖，等啥时召见了。"

"怎么能这样，真的没办法了吗？"

"没办法了。我回来就听说了你的事，你爱人不在了，女婿又出了车祸，糟心的事虚开虚抵这把剑又对准了你。"

叶青松是个轻易不在人前流泪的人，此刻，她不由又哭了起来：

“我怎么办？我怎么办？虚开虚抵这事我一点儿都不知道。一直以来，都是我外甥女主管财务。我自以为周杰是我的得力助手，我待他不薄，想不到他竟利用申娜，与他父亲一起陷害我。”

“其实，虚开虚抵也不是什么大事，凡是搞企业的，那个不虚开虚抵，不过是多少说话哩。逮不住的是正人君子，上了梁山都是贼。你这事要命的是有人抓住你把柄，想一棍子打死你。”

叶青松后悔得直扇自己耳光，说：“唉，我真眼瞎。自以为周杰和王生洋都是我曹县的老乡，掏出心来对他们。可我做梦都想不到他们竟然是父子，编造各种谎言欺骗我。我实在想不出哪辈子得罪过他们，说我打破了他的金饭碗，要让我将牢底坐穿。”

“你看似强悍，其实内心太善良。这么大一个公司，你这么可以把财务大权交给一个才走出校门的娃娃。”

“她已经三十出头了，不是娃娃，而且她大学毕业后也曾在南方一个大公司打过工。你可能还不知道我这几年家里的事太糟心，加上身体有病，才把公司的财政大权给我外甥女打理。她是我养大的，有一颗感恩的心，我相信她不会背着我干出有损公司的事。”

“她不会干，并不代表她不会被人利用。从她的死可以看出，虚开虚抵与她关系大了去啦。她也许已经了解事情的真相，觉得自己罪责难逃，又对不起你，才选择了以死解脱。”

“这孩子真傻，有你在事情或许可以说清楚，你死了，所有的责任不是你的，也是你的，死也死不清白，况且你死了，让我咋办？”

“面对现实呗。不管朝阳公司虚开虚抵了多少，反正大家都知道你身体不好，一直在外看病，但对国家造成这么大的经济损失，你也逃脱不了罪责。找个好律师，为你辩护，只要能承担个监管不力的责任，你的罪行就小得多。现在，你的对头咬住你不放，稽查队的人要以经济犯罪为由，罢免你的人大代表，对你实行强制措施。”

“你才回来，怎能什么都知道？”

“我是县人大常委，公安局已把材料递交给了县人大，人大要开会讨论这件事。如果人大常委会同意了公安局的申请，再报批市人大，就可以罢免你的市人大代表资格了。”

这消息正是叶青松找刘玉堂要落实的事情，从王自强这里得到确认，她不由又紧张起来，说：“这么办？他们罢免了我市人大代表资格，随时都可以对我采取强制措施，拘留我，把我投进监狱。到时，我有话也没处说了。”

“别急，事情也许有转机，我刚才已去见了周书记和刘县长。在咱们古县，书记县长对企业家高看一眼。但企业家真犯了罪，他们也不敢明目张胆地包庇你。”

“那他们对我的事怎么说？”

“罢免你代表资格的材料已递到了他们那里，他们明确表态，经济犯罪要有经济犯罪的确凿证据，段陆海他们这才去广州、深圳调查，看他们调查的结果怎样。”

“谢谢书记县长，他们为我挡了一阵。那我现在怎么办？”叶青松从来没遇到过这事，已乱了阵脚，不知该怎么办。

“第一，县人大要召开常委会，争取他们能和书记县长对你的看法一致，暂不报批市人大。”

“第二，你不是说周杰父子公开说你砸碎了他的金饭碗，他要你将牢底坐穿吗？若能证实，他们涉嫌报复，利用申娜做假账，事情就有了转机。”

“好，咱就依你说的办，我先找人大。”

“县人大张主任和我说得来，我开会之前去找他，把你的情况和他沟通一下。你去找刘玉堂，起码在主任中有三个倾向你，替你说话的人才行。”

“刘玉堂势利眼，我不想去找他。”

“怎么啦，他不是你曹县老乡，你一直把他当亲弟弟待吗？”

“别提他，他差点把我气死！”

“怎么会？这么多年了，你一直待他不错。我记得，他大儿子结婚，车都是你托我给他买的。”

“他真是个忘恩负义的小人，昨天，也是有人告我说，公安局递人大材料，要罢免我的人大代表，我说向他打探一点消息。这段时间，他大概也听说了省国税局在朝阳查虚开虚抵的事，我一连给他打了好几个电话，后来又打他的座机，他都不接。陆大海用他的手机打，他立刻接了。当时我就一肚子气，强忍住接过陆大海的手机故意对他说，我有事找他，想和他坐下聊聊。你猜他怎么说？”

“他说行。”

“狗屁！他说市人大通知他去市里培训，时间一周，等他回来再说。”

“官身不自由，培训也是一件大事。”

“他那是屁话，我已托人打听了，市人大根本没有培训这回事，他不想见我，编造谎言。”

“真有这回事？我和刘玉堂没打过交道，只听人说他势力，想不到和你也势利起来。”

“我真傻，让她几个姐叫得不知道东南西北了。这么多年了，我贴补了他多少，早知这样，我那些钱买肉喂狗，狗也摇摇尾巴。”

“可是，你现在还必须去求他，争取超过半数的人大常委组成人员的支持，尤其是几个主任。”

“不，我不去求他，哪怕坐监狱都不去求他。”

“人在屋檐下，不得不低头。再说了，就凭他没接你电话，就凭他没空坐下和你聊你就这么记恨人家！也许他真的手机没带，也许真的他要去市人大开会。”

“可是，我已让人打听了，他根本没去市里，正待在家里，明天参加县人大常委会。”

“也许他还有旁的意外事，恰巧碰到一块了，那你就最后一次考验他。他家每天晚上都有人闲聊，你趁晚上去，别电话预约，直接敲门，他要再不见你，我支持你和他绝交。”

叶青松强压心头怒火说：“我前天也是趁晚上去找他的，明明听见了他们在院子里的说话声，可他偏偏说睡下了。我不去，我再也不会为这事求他。”

“你必须得去，这样吧，我陪你去。如果他能良心发现，站在公正的立场上替你说句话，开人大常委会时你就多一个支持者，你这案子就能缓冲一下。”

十六　工友请愿

早晨起来，老杜和以往任何时候一样，总要来公司转一圈，打听一下省国税查虚开虚抵的进展情况。老杜从阳光到朝阳二十多年了，都是这里打杂的。公司的每个角落他都打扫得干干净净，然后把那些零碎东西，规整到一块儿，什么时候拿，手到擒来。他付出了精力与汗水，公司回报给他吃、喝、拉、撒、睡的通行证。公司是他的衣食父母，他爱公司，愿意为公司付出一切。昨天晚饭之后，老杜出来遛弯儿，恰巧遇到了隔壁邻居老胡，老胡的老婆和儿子都在朝阳上班。老胡是县人大的司机，他告诉老杜一个惊天的消息，朝阳公司老总叶青松在外欠了三百万元借款不还，今天县人大正开常委会，那些债主打着横幅到县人大告状。这消息如同一个惊雷，一下子把老杜炸晕了，省国税局正在查叶青松虚开虚抵，在这关键时候，有人告她借款不还，这不是瘸腿上用棍敲——雪上加霜吗！老杜顾不上再和老胡聊旁的，扭头便往公司跑，要第一时间告诉那些保卫公司的职工。可是大门锁了，无奈他又往回跑，跑了半路又觉得不对，他应尽快通知那些住得较近的工人，就这样一直折腾了三四个小时。回家刚打了个盹，天就麻麻亮了他又赶快起床往公司跑。公司的大门刚打开，那些担负公司保卫工作的工人，和昨晚从电话里得到确切消息的人，蜂拥般朝公司飞奔而来。走在最前面的是纺纱车间的挡车工诸葛林，这个中等个儿、长得精精干干的男人，自称和诸葛亮是一个祖宗。这诸葛林也确实不辱小诸葛之称，遇事总比别人点子多。他一边气喘吁吁地向这边飞奔，一边叫喊：“怎么回事？昨晚杜哥打了个电话，弄得我一宿都没合眼。”

老杜挤到了面前，说：“诸葛老弟，你可来了，这些人等在这，不知该怎么下手。”

“我也丈二和尚摸不着头脑，你光打电话说三百万、三百万，这三百万究竟怎么回事儿？”诸葛林急切地说。

“是这样，老疤（王生洋）的儿子说三年前他给叶总借过一个三百万，至今未还。前几天晚上来了两个大车，说是要用棉纱抵那三百万，结果没拉走。今天七八个人说是债主，一齐到县人大告状，还是说那三百万。”

“这事叶总知道吗？她是怎么说的？”

“他们哄抢棉纱，还是事先我告叶总的。她说借钱有这事，不过这钱只用了两个月就连本带利一起还了。”

“那他们现在说没还钱有什么凭证吗？”

“有啊，他们手里有一张借款条，说是咱叶总亲笔签了名的。”

“叶总那人谁不知道豪爽仗义，工人们谁家有了难，她都伸手相帮，况且，公司这几年效益这么好，她不会拖两年不还债。我想那张借条肯定是假的。”

“就是——”诸葛林身边一个人立刻接上了腔，“三百万哩，肯定他模仿叶总笔迹写的借条，让笔迹专家鉴定一下就明明白白了。三百万呀，这家伙也太狠了点。”

这时柳叶儿从人群中挤过来问：“怎么回事？你们吵吵什么？”

诸葛林说：“有人说叶总两年前借了人家三百万至今不还，他们今天到县人大告状去了。”

柳叶儿嘴一撇，说：“胡说八道去吧，那笔钱叶总早就还了。”

“你怎么知道？”

“还那笔钱时，申娜感冒要去打吊针，我开的支票，这还有假？”

“那欠款条呢？”

“当时周杰就撕了。”

“你开支票和他撕条时谁在场？”

“没人，当时就叶总、周杰和我在现场，申娜正收拾东西去卫生所，不知她留意啦没有？即使她知道这事，她人现在也死了，也做不了证了。”

“那你说了等于白说，你再没旁证证明叶总还了钱，周杰当时就撕了条。可现在人家有证据证明她没还钱，借款的借条在人家手里。”

“说这没良心的话也不怕遭天报应。”

“哼，良心有几斤几两，又值几何？咱现在不是跟他讲良心的时候，咱要还原本相。”

“还原本相，凭你还是凭我，怎么还原？”

“活人能叫尿憋死，这事只要公家认真查必定能查个一清二楚。”

“你能指挥动公家？”

“我不能，但大家能。”

“什么意思？”

“咱以其人之道还治其人之身。他七八个人去县人大告状，我们组织全公司职工去县委政府告状，这么多人去，不怕他们不接待。”

“就这么一窝蜂似的去，能告个什么眉眼？”

“咱策划组织哩嘛，选几个领头人，打个横幅，上写‘还叶老总公道，促朝阳恢复生产’。”诸葛林的话刚说完，一群人就七嘴八舌地叫。

“要得要得，赶快把咱叶老总弄出来，厂子恢复生产是正事。”

“就是的，这停产说话就三四个月了，少挣多少钱。”

“快干吧，坐吃山空，一点家底吃完了，再不干就讨得饭了。”

“好——”诸葛林把手一挥，“大家注意啦，愿意领工资吃饭的工友们，都去县委政府告状！家里有什么交通工具用什么，没有出去借。一个小时之后，这里集合！”

愤怒的人群如同火山爆发，不到四十分钟，朝阳纺纱厂外的大道上便从四面八方拥来了准备去告状的人群，有开三轮的，有开小车的，也有骑摩托、自行车的。连人带车，公司外一里多长的大路上到处挤满了人，诸葛林以最快速度弄来了十几米长的一条白布，号称秀才的王师傅拿起笔准备在上面写字，他抬头看看诸葛林，问：“诸葛弟，写什么合适？”

他用手摸了下并没有胡须的下巴沉思说：“依我看，写‘还叶老总清白，促朝阳恢复生产’，你说如何？”

诸葛林想了想说：“我们应该以请愿的方式，请求县委政府帮我们处理问题。大张旗鼓地去告状，喊着还叶老总清白，我觉得有些过激。省国税查虚开虚抵，就算是申娜账上有问题，那叶老总她也得是承担兼管责任，不能说她是清白的，你说呢？”

“你考虑得有道理，你说怎么写就怎么写。”

“依我说，咱就以朝阳两千多名工人的名义写，上写‘朝阳全体工人恳请县委政府帮朝阳恢复生产’，你说怎样？”

“好，就这样写，小王你去找两根竹竿，横幅两头一边一个，打着去县委政府请愿去。”

周强站在他的背后，抬起手放下，放下抬起，有好几次，他想拽下诸葛林的衣角，拉他到背人处说句悄悄话。思来想去，还是觉得周丽是自己的堂妹，自小儿便相处得如同亲兄妹，怕自己说出去的话会影响到堂妹两口子的婚姻关系。反正现在王生洋父子也遭到了全公司不少人的反对，他们倒灶是迟早的事。周强欲言又止的神态引起了诸

葛林的注意，不由得问："周强，你想说什么？"

周强立刻下了决心，说："请愿是好事，我想举横幅请愿。"

诸葛林立刻答复："好，你举一根，我举一根，把横幅举得高高的，让全县所有人都知道不管什么人来企业调查，来头有多大，宗旨是为企业保驾护航，让企业依法规范经营，绝不是让查一个倒一个。"

老杜不依了，说："举竹竿是我的事，你是请愿的总指挥，责任重大。"

"好——"诸葛林当仁不让地当起了总指挥，"那我就去维持请愿队伍的秩序了。你和周强往前边走，横幅应排在队伍前列。"

十七　初露端倪

这几天柳叶儿一直在琢磨那三百万借款的事儿，明明那款是还了，借条她也亲眼所见是撕了的，怎么时隔两年，那借条又冒了出来？周杰也许是想打消柳叶儿心中的疑惑，那天竟然把借条拿出来让她看，她一看，没错呀，就是这张借条，当初借款时她在场，她现在甚至可以回忆起叶青松当初写借条时的姿势，还款时她也在场，这究竟是怎么回事呢？周杰拿出的借条，那字体她再熟悉不过，除非有二次借款，同样时间，同一数目。

那一天，柳叶儿跟老杜说起这事，老杜说："造假造得再像，真的假不了，假的也成不了真。就像《西游记》里的美猴王，看起来再像，一见真佛，假的就露出了真相。三百万的借款啊，迟不要早不要，偏偏在省国税局查叶总虚开虚抵时要，而且他们一开口说话，就露出了尸梁骨。"

"尸梁骨？什么尸梁骨？"

"这是老百姓的土话，用官话说叫事实真相。你想啊，在这种时候，他提出还不了钱，可以打个条算作入股的钱，他要白占公司股份这才是第一步的目的。"

"你说他这目的还有第二个？"

"那当然，他占有了股份，就有了名正言顺地管理公司的权利。他不是在外一直叫喊叶总虚开虚抵几千万，全省最大的经济犯罪案嘛，只要叶总一进监狱，这朝阳就成了他的。”

“这家伙，心真毒，叶总把周杰当儿子看，他都当公司一半家了，还不满足。”

“当然，目的还没达到，肯定不满足。这不，人大常委会正开会研究叶总虚开虚抵的事，他就组织一些人去人大告状，说叶总欠债不还。”

“杜师傅，咱再想想，叶总那钱确实是还了的，我一个人出庭做证没有力度。再能生个什么办法，只要能证明叶总还了钱，他就告到老天爷那里也不怕，告来告去等于搬起石头砸自己的脚。”

“我也想，就是想不出个办法。慢慢来，好事多磨。”

柳叶儿一边往回走，一边想着朝阳鼎盛时的情景。工厂效益好，工人们除发工资还有奖金，奖金多的时候差不多可以抵工资的一半。柳叶儿的丈夫王小明是车间的机修工，她在财务上，两人月工资差不多能拿一万多，加上奖金达到了一万六七。王小明的父母也是朝阳公司的退休老职工，现在在劳动保险所领养老金，每月小四千元，一家六口一月两万多元的进项，小日子过得有滋有味。

自从朝阳停产，柳叶儿两口子没了工资，全靠父母那点退休金维持生活。两个孩子一个今年要上大学，另个上高三，正是花钱的时候。柳叶不得不把积存的准备供儿子上大学的钱取出来应急。无奈之际，两口子只得出去给当地的农民打个零工。两人自小儿便跟随父母在最初的小工厂家属院长大，见得最多的是各式机器、钳子和扳子，现在给人打零工，手艺活干不了，只有出死力，干一天拿人家四五十元工资累得散架，就是累活也不是天天有。当地是半山区，种核桃的多，柳叶儿便和许多农家妇女一样去剥青核桃。柳叶儿尽管戴着手套，但青核桃皮的黑水仍透过手套把两只手染成了咖啡色，洗不掉抠不下。柳叶儿的一双纤纤小手，曾被同事誉为弹琴的手，这么多年来，多咱都是白嫩白嫩的。现在当柳叶儿从老板手里接过剥青核桃的一点可怜工钱，望着鸡爪子般的双手号啕大哭，更思念朝阳那些热火朝天的生产场面。朝阳朝阳，你何时能恢复生产？她想着想着，不觉已回到了家门口的超市前，她准备进去买两块钱的鲜面条回家做饭，陡然发现几个穿警服的人围在前台，柳叶儿问邻居：“怎么啦，这里发生了什么事？”

邻居说：“超市的钱柜被撬，公安局来破案，正在调看监控。”

“监控？监控能调出撬柜子的？”

“那当然，监控像个录像机，什么时间什么人干什么全都录下来，全程记录撬柜人的作案过程。”

对啊，这不就是安装监控的初衷吗？这么明明白白的事，我怎么就没想起来呢。财务室装了两个监控，五年之内的监控记录都完完整整地保存在了那里。柳叶儿激动极了，手忙脚乱地做了顿简单饭，往肚里扒了几口，便向朝阳财务室飞奔而去。工厂几个做保安的工友正在换岗，老杜依然雷打不动地在打扫公司大院，周围还有人在干什么，她一概没顾上看，径直打开财务室的门，奔保存机密文件的柜子。她打开柜门，取出监控录像带一盘一盘翻看，大约过了有一个小时，柳叶惊喜地叫：“找到了，找到了。”她高兴得有点忘乎所以，竟冲正在大院收拾垃圾的老杜叫：“杜师傅、杜师傅，快来看，快来看，监控带上还有你，你正在手提一把笤帚扫门口，叶老总坐在这。你看，你看周杰接过支票，哧哧把借条撕了。”老杜听了，立即奔往财务室，一边看监控录像带，一边高兴地指手画脚。柳叶儿毫无顾忌的叫喊声惊动了离财务室不远的王生洋，他悄悄往财务室这边靠，竖起耳朵听财务室的人在说话。

王生洋从财务室外的窗台下悄悄退回到自己住的房间，一屁股跌坐在椅子上。他想吸支烟，啪的一声打燃了打火机，火苗对准了噙着的香烟，这才发现烟含反了，便猛地拔掉嘴上的烟和打火机一块向地上狠狠地甩去。就在这一刹那，他眉宇间露出了一道恶意。“哼！无毒不丈夫，我叫你高兴，让你到阎王爷那里高兴去！”王生洋拿起手机打电话了，说：“二子，快过来，有要事。”

工夫不大，一辆摩托车吱地停在了王生洋的房间门口，周杰人未进屋，话已到了王生洋跟前：“爸，啥事？”

“出大事了，我问你，当初那个母夜叉还款时，是不是用的支票？”

“对”

“是不是柳叶儿开的？”

“对。到底怎么回事？”

“那小婊子柳叶儿不知道因为什么心血来潮，居然从监控录像带里找出了母夜叉还款时的录像。这个录像带一出现，还不明明白白告诉人们，那三百万是我们讹人家的。”

周杰也不由紧张起来，说：“嗨，咱怎么没想到那场面给监控录下来呢。现在怎么办，吵闹了多天的三百万借款，居然成了我们讹人家。”

“事已至此，那就叫那小婊子永远不能开口说话。”

“叫、叫她吃哑药？”

“叫她死在车轮下。”

“那、那怎么弄？”

“她一天至少得来公司两趟。办这样的事叫别人去不放心，你去，把车开上隐藏在槐树体育场冬青后面，她来回都得经过体育场，最好是她回去时脸朝前，你从背后过去，一下子把她轧得死死的。”

“爸，我没杀过人，我怕！”

“这叫什么杀人，这叫车祸，完事报警，大不了赔她几个钱。”

“爸，能不能想个旁的办法，这样做太可怕了。”

“车祸可怕，一旦事情败露，我们的结局更可怕。”

“可是万一把她轧不死，我们讹诈又加上故意杀人，岂不——”

“我怎么能生下你这么个窝囊废儿子，现在，她死我们活，她活我们就得死。这事现在必须得快刀斩乱麻，不给她在外宣扬的机会。”

“可是，就算把她口封住了，监控录像还在，我们依然很危险。”

“别怕，刚才我看气象预告了，今晚有雷阵雨，那些护厂保安进屋避雨时，我进去把那些监控录像带全弄出来给烧了。”

“那你小心，厂里这么多工人轮番换班护厂。”

“放心，越是危险的地方越安全。”

十八　软磨硬泡

王生洋不愧当过经济庭庭长，他帮申娜所走的账目，处处套着叶青松，这使段陆海认定叶青松确有虚开增值发票的重大嫌疑，他觉得，一定能找出她虚开增值发票套取国家税收的证据。身为省国税局稽查队队长，知道现在不少企业都有这方面的问题，有的企业效益不好，甚至专以偷开增值发票生存。税务局只要盯上了哪家企业，查它偷税漏税一查一个准，许多企业有问题，常常以罚款处理了之。朝阳本也可以罚款处理，但他看不惯叶青松那种狂傲目中无人的拗劲。尤其那次和他拍桌子的事更令段陆海耿耿于怀。而且，数额这么巨大，即使他会给她以罚款处理，国家政策也不许可呀。以往，不管查住哪家老板企业，老板是一个劲地弯腰屈膝说好话，你拍桌子骂他，他也会一个劲地赔情道歉，是他不是他的错，都会低声下气地承认，任凭你段陆海再不待见这个老板，任凭你查出了该公司有多大问题，任凭你有多么刚正不阿，也不得不对他手下留情。段陆海是第一次遇到像叶青松这样的人。能抓一个大案特案对他来说是一个很好的晋升机会。段陆海瞄准那个副局长位子已经二年了，如今，那位副局长用不了几个月便要退休了，这是自己大显身手的绝佳时机。他耐心地开导叶青松，反复给她讲解党在这方面的政策，主动交代问题，主动交出不义之财，组织会从宽处理。段陆海好话歹话、软话硬话说了多少回。叶青松说，已经五六年的账目了，前两年是周杰经手，后几年由申娜主管，如果说我有责任的话，我只是监管不力。这中间还有人为陷害的嫌疑。我这里有一段谈话录音，你仔细听听，就知道这次查虚开虚抵背后的故事了。

段陆海早已被她磨得有点不耐烦了，一拍桌子站起来，没好气地说：“几句谈话录音说明不了问题。我只看重电脑和账本上的数字。在证据面前，休想抵赖。你不签字，我照样判你刑。”

叶青松一点也不畏惧，也拍了桌子，说：“真的假不了，假的也成不了真。如果法院也不顾事实真相判我进监狱，判几年我坐几年，等我从监狱出来，第一个先去北京纪检委告你，你家小别墅住着，高档车开着，银行存折拿着，查查你的经济来源，没准儿你比我在监狱待的时间还长。”气得段陆海差点儿犯了心脏病。

正不知该对她如何下手，稽查队的小刘来向段陆海汇报，朝阳骗取身份证弄虚作假的事已经查实，总共一千多人次，被骗的当事人基本都是朝阳公司的职工，他们证实，公司要过他们的身份证，具体公司要身份证干什么，他们并不清楚。

段陆海高兴地叫：“好！天助我也。先从此着手，撤掉她市人大代表的资格，扒掉她身上的护身符，她就乖多了。小刘，你马上给我整理一份材料，我去公安局。”

他无论如何料不到，公安局把材料递给县委、县政府和县人大之后，反响会这么强烈，一次次的约谈让段陆海烦不胜烦。但段陆海一概用这是一起全省最大的经济犯罪案为借口硬邦邦地把他们顶了回去，而他们并没有因为此而停止对他的“拜访”。有个看似政府官员，实质可能是律师的人居然搬出税法，向他软中带硬地解释，朝阳纺织品有限公司吞吐量大，它生产的主要原料是棉花。当地农民种棉花的极少，公司只好从新疆等地购原料。这些经售商常有不带身份证和开不出销售发票的现象，致使公司账目无法冲抵，申娜找本公司工人借身份证用一下。朝阳纺织品有限公司用身份证张冠李戴的做法肯定是错误的，但主观上并不存在逃税的故意。段陆海反感透了，但他应对政府官员也只能敷衍搪塞，这些情况我们明白，会酌情处理的。

让段陆海更烦的是朝阳公司的员工，以诸葛林为首的几个工人代表，天天来这里。他明白，那次朝阳几乎出动了全体员工，打着横幅去县委政府请愿，要求领导为他们做主，让朝阳尽快恢复生产。他不知道县委和政府的官员是如何回复工人的。反正，工人把请愿的矛头对准了省国税局稽查队。这次，不是大规模的员工出动，而是以诸葛林为首的七八个工人代表。这些人中除诸葛林是四十岁左右的人，其余几个都是白发苍苍的老头老太太，是工人选出的代表。诸葛林显然是这伙人的首领，但他从不出面与段陆海交涉什么，只是命一个白发飘飘，颇有点仙骨风范的老头代言，老头轻施一礼，尊称大人。段陆海立刻纠正："我们是共产党的干部，没有大人与小人之说。"老头一本正经地说："那就叫长官，请你高抬贵手，放过我们朝阳，让公司尽快恢复生产。公司两千多名工人，都是拖家带口的，至今三四个月了，一家老的少的，我们总不能把嘴吊起来吧。"

段陆海耐心地解释："我们省国税局是奉国家总局的指示，查纺织行业的虚开虚抵并没有查封车间，不允许你们生产。"

白发老头据理力争："可是，你抱走了我们公司的电脑、账本，没有这些东西我们怎么生产？长官，我们这几个人代表公司两千多名工人跪求你高抬贵手，老总有问题，你们只要落实了可以把她抓起来，判刑拘留，但别叫公司停产。"稽查队调查叶青松虚开虚抵的事，尽管风传她是全省最大的经济犯罪案，但一直落实不了。据说，叶青松根本就没承认，拒绝签字，所以他们才敢明目张胆和他们谈调查的事。

段陆海强自冷静，尽力把口气放温和，说："你们既然是工友们选出的代表，那你说你们的叶总究竟是好人还是坏人？"

白发老头摸着自己的白须，平静地说："好人与坏人的分界线是看你站在哪个立场说话。”

“那你们就站在你们的立场说话。”

“好，我们是朝阳的前身——阳光和小机械厂的职工，经历三个厂子，干了近四十年。前两个厂，我们月月能拿到工资，我们就觉得很幸福。自从阳光破产重组朝阳，我们不仅可以拿工资，还月月有福利，逢年过节，米、面、油各种过节食品都有。一个人领的东西，够全家过个年。我们都是当地的村民，一家总有两三个人在朝阳上班。村子里的路，公司给修了，老百姓用的电，从来都是公司出电费。谁家有个难事，只要找到叶总，她必慷慨解囊。你说，我们应把她划在好人的行列还是坏人的行列哩。”

段陆海十分后悔，自己问的这个话愚蠢透顶，给了他们这个为她请功摆好的机会。他不由从喉咙深处哼了一声，说道：“偷漏国家那么多的税收，用在你们身上的也不过九牛一毛，倒赚了个好人的名声。要真是好人的话，为什么借人家钱不还，让债主四处告状。这样的人算好人吗？”

这回，轮到诸葛林说话了：“段队长，你应该实地调查一下告叶总借债不还的都是些什么人，那个领头的是当地有名的地头蛇，他的那个团伙谁都知道是带有黑社会性质的，方圆十里大名鼎鼎的大阿哥。叶总脑子叫驴踢了，会去借这个人的钱？而且，他说借款两年多了，迟不讨、早不讨，偏偏在你们调查叶总的时候讨，你说为什么？”

对这样的情况，段陆海根本不知道，听了半天没回答上来。片刻后，他总结似的说：“你们说她是好人就算好人吧。等我们将你们这个好人的事处理了，自然会有人出面帮你们恢复生产的”。

第二天，诸葛林带领的工人代表又来了，这次换成了几个白发苍苍的老太太。其中有两三个人居然手里还牵着三四岁的小孩。段陆海正在和几个队员在餐厅吃饭，一看诸葛林来了，没好气地说：“别蹬鼻子上脸，我们是按国家政策查虚开虚抵的，要告状，去找当地政府。”

诸葛林连忙点头哈腰说好话：“找了找了，我们刚才去当地政府和他们说了。他们说，你们是省管单位，是从省里头来的，他们鞭长莫及管不了。人不能一日无食，这都停产三四个月了，我们肚子饿，要吃饭。”

那三四个小孩见桌子上的碟碟碗碗摆了一片，其中不乏他们爱吃的虾、牛肉、熏蛋，嘴角滴滴答答落下了口水。一个小男孩指着饭桌上的碟碗，央求：“奶奶，我也想吃。”段陆海几个人早已被突然到来的不速之客弄没了胃口，站起来，赌气道：“吃吧、吃吧，反正我们已经饱了。”

三四个小家伙一拥而上，一个人坐一把椅子，把自己喜欢吃的菜往面前一拉，狼吞虎咽地吃起来。几个老太太看着孩子们的吃相，心里难过又解恨，不由得苦涩尴尬地笑着。

这次的工人代表没有新话题，仍然是什么时候能恢复生产。面对这些人，段陆海火不得、恼不得、深不得、浅不得，只好撤回市里。

十九　人为车祸

柳叶儿今天心情特别好，她打开财务室的门，把地扫得干干净净。然后打来一盆水，把桌椅板凳擦得铮亮，放到原来的位置上。然后，从柜中取出监控录像带，把还款那段放出来，重新录制了一下，把录好的带子放进手提包，把原带放进柜子，一切收拾妥当，她坐在自己的位置上，两条腿荡来荡去，上身靠在椅背上，得意地哼唱着，“日落西山红霞飞，战士打靶把营归把营归……”她正唱得起劲，不提防从背后过来一个人，悄悄靠上去，双手捂住了她的眼睛。柳叶儿也不挣扎，反手去背后摸那个人的腰，顺着腰往上，一下子摸到了她的胳肢窝，便伸出两个指头去胳肢她。背后人咯咯地笑着松开手，一看竟是周丽的堂妹周玲。周玲在朝阳财务上当出纳，嫁的爱人是县城一个个体工商户。她在朝阳上班，下班后回县城的家。朝阳停止生产已经三四个月了，她就待在县城里。周玲与柳叶儿同在财务上上班，两人不仅好得像一个人，而且长得也极像，不少人把她俩当成了亲姐妹。这段时间，朝阳的事在县城传得很广，周玲听了立刻想回厂探个虚实。说实话，周玲的丈夫在县城不少赚钱，并不稀罕老婆在朝阳一月拿几千元的工资，只希望她留在家里，接送一下正上小学的儿子，给自己做碗现成饭。但周玲很怀念在朝阳的日子，说那日子充实，有滋味。因此周玲希望朝阳赶快恢复生产，而她的丈夫却盼望停产时间越久越好，最好工厂倒了。

周玲待在县城，闲来没事，便购物，身上穿的衣服是一天三换。今天，她穿了一身咖啡色的套装，更显出了她身材的颀长与健康美。柳叶儿身上穿的还是那身天蓝色的衣服，有的地方已经褪了色。她不是不喜欢美，而是家里要办的事太多，恨不得把一块钱掰成三瓣花。因此，只好将就自己了。周玲看她的装束，不屑地哼哼一声，道："你呀，快把这身衣服脱了扔出去，免得让我看了，想立刻动剪刀把她剪个稀巴烂。"周玲说着，脱下自己身上的衣服，招呼道："来！试试，看合身不？"

柳叶顺从地脱下自己身上天蓝色衣服，换上了周玲的衣服。周玲围着她，前后左右看了个遍，然后伸出大拇指，道："这才是咱们朝阳公司大美女会计。"

柳叶儿也很喜欢这身衣服，一边动手解扣子，一边问："这身衣服多少钱？"

周玲一把打落了柳叶儿正解扣子的手说："别管多少钱，我这样的衣服一下买了两套，这套送你了。"

"不行、不行。"柳叶儿依然执着地去解衣扣。周玲再次打落了她的手，说："你穿着漂亮，比我穿着还让我高兴。今天，我就把你这身褪了色的衣服穿回去，从小路走，那里人少不会有人看见。回去就把它换了，扔垃圾池。"

柳叶儿知道再争执下去也没用，便顺从地把解开的两个扣子扣上，说："周玲，谢你了，你这么关心我，以后有机会一定好好报答你。"

"别说那些少盐没醋的话，咱姐妹俩谁跟谁呀。咳，叶儿姐，公司这段时间怎么样，有没有恢复生产的迹象？我太想回来和你一起上班了。"

"快了、快了，这不大家都在努力吗？"

"好，我走了，有好消息第一时间告诉我。"

“一定一定。”

朝阳纺织品有限公司坐落在河谷正中。涞水河河床总宽二里，五十多年前，这里还是一个荒沟。从最初的小机械厂建起，到后来的阳光纺织厂，最后过渡到朝阳，在这里居住的人也由最初的几十个，到阳光纺织厂鼎盛期，连工人带家属已有上千人。家属们的居住地逐渐形成了一个村落，这就是现在人称河源村的地方。后来，阳光变成了朝阳，单在朝阳上班的员工就近两千。公司生产要用水，在公司的南北各打了一眼二百多米深的深井，井水很旺，公司及住地老百姓用水绰绰有余。居住人口越来越多，于是人们就近又在朝阳南边建了一些住宅起名叫南河源，原来建立在北边的住宅自然就叫北河源了。靠近村子的杂草灌木丛也被勤快的住户开垦出来，种上了杂粮和蔬菜。这些东西不仅满足了他们的日常生活需求，还新鲜、方便，又不需要到集市上去买，省下了不少钱。住户们纷纷效仿，有人甚至开垦出来种瓜果梨桃。那段时间这条河谷里，形成了一股开荒热。河谷里杂草灌木不见了，全都变成了一块块菜田和一座座果园，两口深井全派上了用场，河谷变成了一个花果谷。随着他们的子女一天天长大，原有的建筑不够住了，便在自己开垦出来的田园内盖房建屋，很快这里形成了一个个住宅小区。公司开工生产各种纺织品，上班从公司拿工资，下班回家到自己的田园里忙活，瓜果梨桃、蔬菜杂粮几乎不用花钱去买，养上几只鸡，喂上几只鹅，间或有人家养上两只羊或猪，隔三岔五宰上一只，逢年过节的餐桌上更是丰盛，那日子过得真叫惬意。

从南北河源村到朝阳，要过一个山坡，山坡上古槐树多，人称古槐坡。自从叶青松组建了朝阳后，生意一天比一天红火，她爱整洁、爱美，便逐步地将该村的路修了，路两旁又栽了不少的风景树，使南北河源村变成了一个花园小村。从村里去朝阳上班，必须得经过古槐坡，这里自然风景优美，一到春夏，各种野花盛开，各式各样的鸟儿在树间花丛中来回跳跃，微风一吹，花香四散飘荡，实在是个茶余饭后的绝妙去处。叶青松命人把坡根那片土地平整了一下，周围用冬青围上，成了一个天然的运动场，有篮球场、排球场，供工人下班后来此消遣。

周杰将车开过来，停在了一排冬青后面，冬青足有半人多高，不绕过它，是不会有人发现这里还隐藏着一辆车。周杰调整好了位置，从冬青的缝隙中一眼不丢地盯着朝阳的方向。

说心里话，对此次行动周杰很抵触，他和柳叶儿无怨无仇，在一个公司也相处甚好，干嘛非要置她于死地呢。思来想去，反复斟酌掂量，周杰对她也不由恨起来，你真是吃饱撑的，公司都停产三四个月了，干嘛非要时不时去财务室看看，打扫打扫。你看的次数再多，打扫得再干净，也不会拿到一分钱。看就看吧，想扫也行，干吗又去翻以前的监控，知道了你不该知道的事情，还兴奋得要发疯。岂不知你高兴之时，已埋下了必死的隐患。这个坟墓是你掘的，你怪不着任何人。你如果不死，我们就得遭殃。柳叶儿，对不起了，愿你一路走好。周杰盯得眼睛发酸发麻，大路空旷连个人影儿也没有。周杰回过头来，揉了揉双眼，就在他转脸的一刹那，看到朝阳大门内闪出一个天蓝色的人影儿，柳叶儿，是她是她，那身天蓝的服饰有好长时间没变了。近了近了，周杰不忍心抬头再看一眼柳叶儿那姣好的面容，一咬牙，小车像一头发了怒的猛兽，向天蓝色的人影儿冲了过去，只听哎呀一声尖叫，此后，便没了声息。

这时，恰巧从对面过来两个人，是本公司职工，临时负责公司安全工作的，此刻来换班。他们看到车撞了人，便大喊大叫："快、快报警。"一个个急急忙忙从口袋掏出手机，哆嗦着按号码，一个来到车前，只见一个女人正倒在了车下面，一条腿还在车轮下，头抵在路旁的排水沟里，脸被泥土糊上了。工友急了，忙招呼另一个工友："电话打通了吗？"

“通了，交警马上到。”

“快过来，车下面有人，咱们抬车。”

周杰尽管早就预料到会有这场面，但这么血腥的场面，他还是第一次遇到，也吓得发愣了。

那两个工友见周杰还坐在车里不动，不由火了，拉开车门，大骂：“眼瞎啊，怎么往人身上撞，快下来抬车。”

周杰哆哆嗦嗦从车上下来，下意识地想看柳叶儿一眼，工友叫他：“快抬这边，先把人腿从车下拽出来。”

“吱儿、吱儿”，警笛一路呼啸着向这边赶来，跟在交警车后面的是一辆救护车，工夫不大，穿警服的、穿白大褂的下来好几个人。

穿白大褂的来到了躺在地上的女人面前，刚拿出听诊器准备听她心跳，突然，大叫一声：“我的腿！”白大褂立刻去摸她的腿，左腿从膝盖下已血肉模糊，天蓝色的裤腿已变成了酱色。白大褂抓起膝盖处稍微抬了一下，只见膝盖骨下面软塌塌的，她说：“左下腿粉碎性骨折，快，抬担架！”

担架立刻来到了眼前，几个人七手八脚将女人抬上担架，伤者这时发出了撕心裂肺的叫喊：“疼、疼死我了，我的腿。”

担架已被抬上了救护车，白大褂向那两个工友叫：“你们谁认识这位伤者，赶快给她家人打电话，去医院抢救室。”

一工友说：“这不是财务室的柳叶儿吗？她成天穿一身天蓝衣服。”另一工友接着说：“没错，是她，我那会上班时见她骑个自行车来朝阳，她进到财务室，我下班走。这不，我休息了四个小时来，她就出事了。”

救护车走了，那个工友已打通了电话，柳叶儿的丈夫王小明接的电话，他一听老婆出了车祸，张口就哭。工友告诉他说：“人没死，只是扎断了一条腿，你快去医院，别哭了。”

周杰面如死灰，站到那一动不动，工友的话如一声炸雷，人没死，只是轧断了一条腿，接下来会怎样？此次行动的主要目的是封她的口，她的腿断了，嘴还会说，要是查出来是我有意制造的这次车祸，上头会怎么处理？周杰从来没遇到过这么棘手复杂，又难以向人诉说的事情。正在这时，又飞奔着过来一个女人。周杰知道那是周丽的妹妹，叫他哥的周玲。还没等周杰反应过来，那女人已哭喊着跑了过来。两个工友和周杰都吃了一惊，不知她为何哭喊。只见那女人拽住一交警的手急切地问："师傅，这里刚才是不是发生了一场车祸，人呢，伤得怎么样？"交警说："对，这里刚刚是发生了一场车祸，我们正在侦查现场。一个叫柳叶儿的女工被撞断了左腿，急救车把她送到医院了。"那女人急切地说："不是不是，你们弄错了，她不是柳叶儿，柳叶儿是我。"

"那她是谁？"

"她是周玲，我顶好顶好的好朋友。"

周杰听到了，两眼一翻，软塌塌地倒在了路边。

二十　阴差阳错

周丽接到电话，飞一般赶到了医院。医院急诊室大夫正等着周玲的家人在手术单上签字。她的左腿膝盖以下已被车辗得粉碎，医生建议尽快做截肢手术。工夫不大，徐虎来了，当机立断：“行，截肢就截肢，只要人好好的，没什么毛病，截肢了还可以安装一条假肢。”这时周玲已清醒过来，她是局部麻醉，听到后立刻哭喊：“不行不行，我不截肢。你要给我截肢，还不如让我立刻去死。”主治大夫愣了，转脸看着她的丈夫，问：“怎么办？”

徐虎在县城的商界，可以说是个说一不二的男子汉。但在周玲面前，周玲让他打狗，他不敢骂鸡，周玲让他往东，他从不往西。有人玩笑着问他：“在夫人面前，你的男子汉气概跑哪去了？”徐虎自嘲地说：“在夫人面前，男人忍让是最有胸怀的表现。家和万事兴，你退了一步，赢得了家庭和睦、幸福安康，不比你斤斤计较强！”因此，在他们家已养成了习惯，凡事都是周玲说了算，徐虎知道周玲最大的爱好是追求身材的完美。周玲生就一副模特身材，穿啥啥好看，同一件衣服，她不会穿两天。徐虎有钱，周玲的衣服满满塞了两大柜，她有好多个好朋友，她买一件衣服，只要感觉有一点不如意，好友来了，就会送出去。周玲之所以穿每件衣服都好看，最主要的是她的腿修长。如今，要把左腿截了肢，确实等于要了她的命。

徐虎思索片刻，问：“大夫，你说咱省里有没有最好的骨科医院，只要能保住周玲的腿，花多少钱我不在乎。”

大夫想了想说：“那你就去省医院吧，那里的骨科技术是全省一流的。”于是，徐虎立刻拍板定音：“大夫，请你立刻派救护车去机场，我们坐飞机去省医院。”

救护车刚走，柳叶儿跌跌撞撞地来到了医院。周丽送走妹妹，正准备去周杰的病房，柳叶儿来了，迫不及待地问：“周丽，周玲在哪个病房？”

“去省城医院了，她的左腿膝盖以下粉碎性骨折。医生要给她做截肢手术，她死活不干，说要截肢，她就死。大夫说省医院骨科技术一流，去那里试试吧。”

柳叶儿哭道：“周玲，你千万千万得好起来。你还等着公司复产的好消息，怎么出门不到半个小时，就出了车祸。这司机眼瞎吗，那么宽的大道他不走，干吗往人身上撞呀？”

从柳叶儿出现的那一刻，从她身上的衣服、出车祸的位置，周丽就断定周玲出事前和柳叶儿在一起。穿在柳叶儿身上的衣服，是周丽陪周玲去买的，一套衣服一千五百元，周玲给周丽买了一套，她自己提了两套样式相同颜色各异的衣服，说是有个替换的。如今衣服穿在了柳叶儿身上，而周玲身上穿的却是柳叶儿穿了好几季的天蓝色套装。对这件事，周丽并不感到意外，周玲爱朋友，她的姐们儿意识很强，为朋友她宁可自己受委屈，哪怕两肋插刀也在所不惜。她的那些朋友中，和柳叶儿是最铁的。此刻周丽问：“你说，周玲怎么会在公司出事，是不是她去过公司了？”

“去过。”柳叶儿直言不讳地说，“她听说公司工人们闹恢复生产闹得很凶，看看有什么结果。”

“那你身上的衣服是——”

柳叶儿边哭边说：“她到公司，非要我脱下衣服试穿她身上的衣服。我穿了，她说很好，说啥都不让我脱了，还把我身上的旧衣服穿上，说家里还有一套，她走小道，回去就换了，凑合一时算了。谁知她就没能回到家，就出了这事。周丽姐，你说周玲去省城医院，能保住那条腿吗？”

“应该能，医生说那里的医术是最好的。叶儿，那就这样吧，我得走了，周杰也在医院神经科我得去看看。唉——你说啥事怎么都往一块凑，一家人撞了一家人。”

柳叶儿惊讶地问：“你是说周杰开车撞了周玲？”

周丽叹口气道：“谁说不是呢，你说这事怎么这么巧呢？”

“那我也跟你去瞧瞧周杰。”

她们到达神经科，医生护士和王生洋都在病房，医生指着她们问：“周杰你认识她们吗？”

周杰指着柳叶儿说：“她是周玲。”又指着周丽说：“她是我妈。”医生说：“病人脑神经受了刺激，记忆模糊，认知功能差，有时只记得前面的事，有时前面后面的事也会混搅。”

周丽泪眼模糊地说：“他早上开车走时还好好的，怎么突然变成了这样？”

柳叶儿安慰她：“周丽姐，别担心，他也许是出了车祸，撞着了脑袋，加上吓，就变成这样，看几天医生就会好的。”

周杰脖子一梗说：“我没病，是他——”周杰指着王生洋。

周丽连忙问：“他是谁？”

“我爸，他叫我把车开上躲在冬青后面，等柳叶儿回家时把她轧死。”

“胡说！”王生洋急扯白脸地说，“这孩子，神经错乱了尽胡说。医生，请你给他注射一支镇静剂，他脑子受了刺激得好好休息。”

周杰手舞足蹈地叫：“我没胡说，他说只有柳叶儿死了——”他下面的话没说完，王生洋已将他按倒在枕头上，并狠狠地在他脊背上拧了一把。这个举动恰巧被周丽看见了，她丈二和尚摸不着头脑对柳叶儿说："咱们走吧，让他休息一会儿。"

柳叶儿极不情愿地跟在周丽屁股后朝门口走去，一边走一边想，周杰刚才说的话是真的，还是他神志昏迷胡乱说的？王生洋到朝阳已经三四年了，他们从没有多接触过，有什么仇恨要叫周杰开车将自己轧死。现在周玲的腿被轧得粉碎性骨折，周玲是周丽的亲妹子，周杰虽是招亲到周家，他不是周玲的亲哥，至少也是亲姐夫，周杰怎么也不会故意开车把周玲的腿轧断。要是故意成立的话，周杰开车要轧死的人就是自己了。柳叶儿吓出一身的冷汗，自言自语道："他让他开车把我轧死，我究竟怎么他了。"

自从走出病房门，周丽就看见柳叶儿心事重重的样子，一直想安慰她，不知怎么开口，听到她的自言自语，不由劝她道："别往心里去，周杰现在脑子出了问题，胡说八道。她待你像对亲妹子，你跟他无怨无仇，他为什么要轧死你呢？"

是啊，他为什么要开车轧死自己？不管周丽怎么解释，柳叶儿心中的这个疑团始终赶不走。她的父辈与周丽的父辈是世交，两家是第一批在河源落户的人家，他们从小工厂一直干到朝阳退休，几十年了，两家走动得比亲戚还亲。虽说周杰是招亲到周家，但他入乡随俗，一直和柳家相处得像一家人。他绝对不可能对自己产生歪念头。柳叶儿一边在心里自我安慰，一边向朝阳走。周玲发生车祸太突然了，听到后，她拔腿就跑，慌忙中她把手提包忘在了财务室，她要去取回包然后回家。

柳叶儿一边往公司走，一边思量，周玲的腿粉碎性骨折，自己能为她做些什么。她俩生在河源村，长在河源村，又一起上小学，连大学都是报考的同一学校，又分在同一个班。毕业之后，两人形影不离，相处得比亲姐妹还亲，直到各自成家生子两人才分开。刚刚还活蹦乱跳的一个人，如今躺在病床上连动也不能动。老天爷真是不睁眼，怎么会忍心让这么好的一个姐妹忍受钻心般的苦痛。柳叶儿泪如泉涌，下意识地伸手去摸口袋，想掏纸巾擦脸，这才发现自己身上还穿着周玲的衣服。

由衣服，柳叶儿突然想到了此次车祸，为什么不迟不早，不偏不歪，周玲刚刚从朝阳出来，路边斜刺里就冲出来一辆车，没头没脑地向她冲过去，将周玲撞在路边排水沟里？若不是周玲从电动车上摔下来，一头栽进排水沟里，粉碎性骨折的就不是她那条腿，而是全身。阿弥陀佛，老天爷真是暗中保佑，周玲虽遭受骨折的痛楚，却保全了性命。这里从来没发生过车祸，肇事车驾驶员是周杰，他将车停在冬青后干什么？从冬青后绕过来去路上，要拐好大一个弯，即便车速再快，拐弯也会自动慢下来，根本不可能因为车速太快撞上了正从此经过的周玲，要不，就是车有意识地往她身上撞。

想到这里，柳叶儿又惊出一身冷汗。开车的是周杰，周丽的丈夫，周玲是周丽的亲妹子，他们之间相处极好，不可能故意撞她。可他偏偏撞上了她，这只有一个解释，周玲和柳叶儿长得太像了，又刚刚换穿了衣服，他把周玲当成了柳叶儿。即便这个推理成立，柳叶儿也不相信这是真的。周柳两家是近邻，世代友好，到他们这一代，关系更是非同一般，为什么会发生这种事？除非、除非，柳叶儿想到了她从监控里调出来的叶总还周杰借那三百万的摄像镜头。王生洋父子为已还了的三百万借款，硬要拉公司的棉纱抵债，被制止后，又要叶总将这三百万作为入股资金入股。监控调出来的事实真相使周杰父子的谎言不攻自破。只有将自己撞死，才能彻底封住自己的口。谁知阴差阳错，突然又蹦出来一个周玲，他就错把周玲当成了自己。柳叶儿想到这里，冷汗直往外冒，周玲是代自己受过啊。周杰发现这事实真相后，一时后悔，夹杂着无可名状的恐惧和作茧自缚的懊悔，气血冲心，致使神经错乱。柳叶儿觉得周杰虽已躺在医院，可还有王生洋。想到王生洋、柳叶儿心里又犯了嘀咕，他来公司这么长时间了，自从哄抢棉纱事件后，才知道他和周杰是父子关系，他们为什么要隐瞒这种关系？他们隐瞒这种关系，对公司其他人无关紧要。现在看来，他们主要是想瞒过叶青松。可是，他们是老乡，难道在此之前有什么过节？而且这过节是深仇大恨。要解开其中的迷，也许监控录像能提供一点线索。

想到这里，柳叶儿加快了向朝阳财务室走的步伐，她要把这一重要证据保存下来。突然，她听到不远处有呻吟声，闻声望去，只见本公司清洁工老杜坐在路边的排水沟旁，两手握着脚，咝咝吸着冷气，龇牙咧嘴地哼哼着，柳叶儿连忙上前问："杜师傅，你怎么啦？"

老杜抬起头来，惊疑地盯着她问："柳、柳出纳，你不是——"

"我不是遭了车祸，对吧？说实话，我倒希望遭车祸的是我，而不是周玲。"

"这么说，真有车祸这回事？公司不少人在传你遭遇车祸的事，我心里犯嘀咕，如果真是周杰用车撞了你，那就肯定他是故意的。"

"你怎么肯定他是故意的？"

"这段时间，王生洋不断在外妖言惑众，说周杰给叶总借了三百万块钱，叶总赖账不还，他们要以公司财产抵债。你找到了那段监控录像，高兴得又唱又跳，那些人心里有鬼，能听不见？这事过去仅仅不到半天，你就让周杰的车撞了，再笨的人也会想到这是怎么回事儿。"

"哎呀"柳叶儿后悔得直捶自己脑袋，"我真傻，真的。这监控录像是关键，也是致命证据，我怎么能得意忘形，大呼小叫呢，我该死，真的该死，让周玲白白充当我的替死鬼。不行，我得找他替周玲讨还公道。"

"别冲动！冲动是魔鬼。周杰故意撞人是咱们自己推理，究竟事实真相如何，咱搞清楚了才有发言权。最初听到传言，我还真以为撞的是你，他们说在体育场这块，我就来了，想来看看现场。"

"杜师傅，谢谢你这么关心我。"

“其实，这事牵动了公司所有人的心，大家都在巴望着这事尽快有个了结，公司能恢复生产。它是大家的衣食父母，所有和它有关系的人和事，我们都关心，不必谢来谢去的。”

“那你这是怎么啦？”

“不小心自行车撞在了一块石头上，把脚脖子扭了。”

“我给你家打电话，让你儿子来接你。”

“别别别，儿子在学校上学呢，老婆有脑梗急不得，父母岁数大了。你推上自行车，我扶住车后架好歹挪到公司，我的房里有红花油，抹抹擦擦就好，不要惊动家人。”

二十一　天降暴雨

六月天小娃脸说变就变，刚刚还是艳阳高照，只一瞬间，一块乌云罩过来，天空变得乌黑，又打雷又闪电，倾盆大雨一下就来了，地面上的水像无头苍蝇乱闯乱窜。柳叶儿被雨打得眼前模糊一片，分不清哪是平路，哪是坑洼，下狠劲扶住自行车。老杜抓住自行车后座，身体跟着左右摇摆，一条腿金鸡独立似的跟着晃。突然，一阵更猛的洪水劈头盖脸地冲过来，老杜嘴一张，还没等他发出音，一股浑浊的泥水顺势向他嘴巴里灌进去。老杜本来就有哮喘病，让泥水一呛，他剧烈地咳嗽起来。他一边咳嗽着一边挣扎着往起站，洪水像有意和他作对，猛烈冲他那条好腿，他站立不住，扑通倒在水里。柳叶儿丢掉自行车，伸手去扶老杜。老杜连咳带呛，早已没了力气，像一块巨石倒在地上。柳叶儿怎么也搬不动他，急得乱喊："救命啊，救命。"

前边有一百米左右便到了朝阳公司，几个保安正在公司的大门下，雷声、雨声夹杂着狂风的怒吼，他们根本听不到柳叶儿撕裂心肺的叫喊声。突然，一个姓王的保安向那边一指，说："快看，那边两个人正在水里挣扎。"李保安、刘保安、田保安几乎异口同声地说："走咱们看看去。"

老杜接连又灌进去几口水，咳嗽得像只大虾米，在水里不停打滚。几个保安到了，七手八脚地拉起他，一人扛胳膊一人抬腿，脸朝下，飞快地向公司跑。老杜脸朝下，几个人抬着颠簸着，几经咳嗽呕吐，把吸进肚去的污水哗哗全吐了出来。保安将他抬进医疗室，老杜虽然还一直咳，脸涨得通红，但已然没了性命危险。大夫从药柜上取出一小瓶粉剂，让老杜吸了进去。工夫不大，咳嗽止住了，脸由红慢慢变白，变回了原来的白净消瘦的面孔。

柳叶儿从水龙头接过一盆水，让老杜清洗了泥浆糊得一绺一绺的头发。老杜又变回了他原来书生一般的斯文样。保安老李问："我那会儿还见你来公司转了一圈，怎么一转眼你就倒在雨水中，要做抗洪英雄呀？"

老杜苦笑着说："没想着做什么英雄，心里堵得慌，就想去现场看看，柳出纳怎么刚刚掀开真相的一角，就叫车给撞了？"

老李伸手摸了下老杜的头，说："你该不会是刚才的雨水冲昏了头脑了吧，柳出纳这不站在你面前，是她不顾死活从洪水中把你救出来，你反倒咒她。"

柳叶儿连忙解释："不光杜师傅，咱公司不少人都以为，上午在体育场外发生的那场车祸，受伤的是我呢。其实是我和周玲换了下衣服，他们都把她当成了我。"

"这么说，周玲遭车祸了，她人怎么样？"

"一条腿粉碎性骨折，已送往省医院治疗。"

"阿弥陀佛，周玲那人大大咧咧的，人又善良厚道，遭此劫难，老天爷真是不开眼。"

老杜插嘴说："我怀疑这次车祸是人为制造的。"

"制造？这次车祸肇事者是周杰，受害者是周玲，周丽的亲妹子，再怎么说他们也是一家人，撞周玲也是事赶事。如果说周杰开车撞柳出纳，错把周玲当成了她，从道理上也说不过去。"

"嗨，古话说害人如害己，害不了人家害自己。想致别人于死地，谁知撞的恰是自己家里人。"

"你说这周杰，人看着也斯斯文文的，见人多会都是不笑不说话，怎么突然像换了个人似的，干这种大逆不道的事情？真正是人不可貌相，海水不可斗量。”

“要叫我说，他也是被逼上了梁山，不下狠手不行了。”

“被逼？谁会逼他开车往死里撞人？你们大家没仔细瞧，这小子脑后长了块反骨，叶总把他当心腹当儿子，他却背后对叶总下刀子。要不是他胡掐乱控，这次查虚开虚抵怎么查住了叶总？知己害的知己人，树死先从根里烂。”

“嗨，这么说，叶总这次的事不小？”

“其实说大也大，说小也小，不管事大小叶总都逃脱不了责任。你想啊，这差不多两年了，叶总先是死了丈夫，两个女婿又一死一伤。叶总没儿子，一个女婿半个儿，出了这么大的事，她哪有心思弄那虚开虚抵的事去。如果真有问题，那也是这对忘恩负义的孬种，把申娜当枪使了。”

“哎哎哎，老李，我说你这人怎么这样啊，叶总有了责任对你有什么好？吃黑饭保黑主，连狗都知道谁喂跟谁亲。”

老李呼地站起来，手指老杜鼻子不客气地反击：“你骂谁呢，谁是狗？你以为叶总有事我高兴啊。告你说，我巴不得立时把她洗清白了，公司马上生产，一月工资、奖金、福利五六千，不比当这吊死鬼拧绳似的保安强！一月拿一千多块，饿不死也撑不着，龟孙子才稀罕。”

老杜连忙伸出双手往下按，说：“哥们，消消气，消消气！公司停产了，大家日子都不好过，这不凑到一块就想发发牢骚，别往心里去！别往心里去！大家都是好哥们，目的都是希望叶总平安无事，公司赶快恢复生产。”

正说着，公司保安员小陆来了，老王问：“陆哥，你不是说下班回家吗，怎么又拐回来了？”

“嗨，刚才那阵暴雨，河源河下山水了，好大好大，过不去河，所以就拐回来了。”

自从朝阳公司发生哄抢事件之后，镇党委陆书记组织工人，从中抽调了二十名工人做保安，维护公司的财产安全，十个人一班，一班十二个小时，轮流替换。柳叶儿插嘴问：“和你一块换班回家的那几个工友呢，他们怎么过得河？”

“过河？过个屁！你瞅，他们不都一个个灰溜溜地溜回来了。”

说起河源河，大家的谈兴又浓起来。

从朝阳公司到河源村，大概也就二里地，以前全都是坑洼不平的土路，雨水冲，车轮辗，坑越来越深、洼地越来越洼。工人们上下班骑自行车还不如走路快，于是，他们索性靠自己两条腿上下班。自从朝阳公司开始生产，叶青松把路一侧高低不平的料角石地平平了，成了工人们的体育场，坑洼不平的路变成了平平展展的水泥路，工人们上下班，骑自行车、摩托车也就五分钟。河源河虽然只有十多米宽，但每年一到梅雨季节，三天两头发洪水，叶青松早就找水利部门协商，说公司出钱修河源桥，县上找工程队，此事正在筹划中。

河源桥，工友们心中的圣桥，他们盼望着这桥早日落成。每到梅雨季节，他们站在桥中央，欣赏那翻滚奔腾的洪水，感叹创业的艰难历程，展望那风雨无阻的美好岁月。

河源桥，百姓心中的便利桥，有了这座桥，就连村子里仅有的几个承包山坡的农户，也可以风雨无阻的巡视自己的山林。

河源桥，工友们的解危济难的桥。老杜记得，那一年的洪水好大好大，连续几天势头不减，偏偏在这时，老杜老母亲的癫痫病犯了，他计划绕河源河下游三十里的涑水桥回家去。这时，周杰来了，说是奉叶总之命开车将他送回家，又将他老母亲送医院。幸亏老杜母亲送医院送得及时，要不，早去阎王爷那里报到了。

河源桥，满载着当地百姓希望的桥，水利部门计划派专业的工程队施工，朝阳只出材料费即可，这项开支已列入本季度的开支预算中。可朝阳突然这么紧急刹车，工厂都停产了，哪来的钱修桥。

河源桥，河源桥，百姓心目中的圣桥，便利桥，希望桥，理想桥，与朝阳同生死、共患难的桥，如今无声无息地横在那，怎么令大家不心急如焚？面对此情此景，他们只有唏嘘的份儿。

柳叶儿不愿因这些烦心事再陪大家伤心，反正今晚家是回不去了，索性回财务室睡一晚。老杜脚脖子不失时机地又痛起来，便扶着墙，一瘸一拐地进了自己宿舍，找红花油去了。大家也都闷闷不乐地各自离去。

二十二　不堪的婚姻

这段时间，古县县城为朝阳公司虚开虚抵的事两派人马闹得不可开交。一派以王生洋、大阿哥为首，说叶青松是个欠债不还、偷漏国家税款、十恶不赦的坏蛋，要求政府追缴赖账和非法所得，清理出人民代表的队伍，将她绳之以法。另一派是以诸葛林为首的朝阳公司的工人，说叶青松是位杰出的优秀女性，她是全公司两千多工人的衣食父母，当地有名的慈善家，虚开虚抵是被人陷害，求政府还她以公道，尽快恢复生产。两派人马都到政府告状，都到省国税稽查队请愿，各执一词，谁是谁非，一时谁也难辨真假。他们针锋相对、寸步不让，反把当事人叶青松晾在了那里。叶青松决定趁机会回老家曹县去看看。

动车一声长鸣，距老家最近的一个停车点到了，叶青松下了车，打车回家。出租车很快进了峪南地界。一股微风吹来，吹散了叶青松的头发，也吹散了心头的冰冷，她感到了一阵前所未有的温暖，心头一热，禁不住落下泪来。

三十多年前，她还是曹县叶家庄大队党支部书记的时候，听从了当时还是一般朋友关系的乔奇的建议，在叶家庄首先搞起了一人一亩试验田的耕作方式。这个办法激起了农民的劳动热情，叶家庄一举成为峪南公社粮食产量最高的大队。但公社书记杨生金说她是个只顾低头拉车、不抬头看路的有资本主义倾向的主儿，要罢免她的书记职务，并与该村百姓发生了激烈冲突。这事惊动了曹县的县委书记梁宏达。梁宏达说这是农民走出困境的唯一出路，支持叶青松的做法。就在这时，十一届三中全会召开了，曹县全面推行家族联产承包责任制，叶家庄的土地也全部分给了农民，叶青松家分到了十五亩土地。农民有了土地，没了命地在土地上劳作。

但各家各自生产经营也带来一些弊病。农民分土地是按土地好赖按人头均分的。一大块土地你家一畦，他家一溜，耕作起来极不方便。叶家庄和附近的村庄一样，主要农作物是小麦、玉茭和花生。小麦玉茭还好，有专门的粮食收购点，不论哪户送去，价格上下浮动不大。唯有花生让农民发愁。这个地方是沙土地，生产的花生质好量大，每到收获季节，家家户户都堆满了花生。为了能把自家的花生销出去，你家要一块，他家九毛五，另一家九毛钱就出手。客商就是瞄准了农民怕自家货卖不出去的心理，价格一压再压，农民只好忍痛把自己家的花生卖出去。客商嘴上喊着市场行情不好，实则赚了不少钱，转过身捂嘴偷着乐。农民互相降价，打掉门牙肚里吞。今年亏了，明年照样加大投资，加强管理，花生收成又多了几成，但收入仍是原来水平。还有更让他们头疼的事，叶青松的邻居小毛子，成年在外做生意，他的媳妇荷花在家照看两个孩子，兼种自家的责任田。荷花手脚麻利，人勤快，把自家几亩地经营得比有男人的都好。最让荷花发愁的事，地里产的小麦、玉茭和花生收下得往家拉。庄稼拉回去，土地得翻得犁得耙，一向强悍的荷花不得不为此难过得掉泪。

叶青松家分得了十五亩土地，她的丈夫丁毛兰虽成年在家，她也和荷花一样，为地里自己干不了的农活发愁。丁毛兰是出了名的懒汉，最喜欢干的事是聊大天、下象棋、吸烟、喝酒、遛弯儿，最不喜欢的是下农田干活。

曾和叶青松一个生产队的叶强，是村子里一等一的种地把式，他经营的土地，一亩地的收入顶别家二亩地。他家率先买起了手扶拖拉机，不仅给自己家干活，还承揽别家农活。但叶强加也有一本难念的经，他的老婆绰号挪挪，走路能踩死蚂蚁，擀点手擀面，摸摸案板，瞅瞅擀面杖，同样多的面，荷花可以擀十块，挪挪一块都擀不完。下地干活，同时动身，荷花到地里，二百米长的地身子，荷花拔花生能拔一来回，挪挪还挪不到地里。叶强为此没少和她吵，吵归吵，挪挪生长得就是就肉，依旧我行我素。叶青松突发奇想，对叶强说："我们组织个互助合作社如何？"

"互助合作社是什么东西？我连见也没见过，听也没听过。"

"互助合作就是互相帮助，取长补短，合起伙来经营。"

"好，你看问题总比别人看得远。咱村土地要不是你起头，哪能那么快分到户下，你既然说互助合作社好，那我就听你的咱们合作。"

曹县第一个农民专业合作社就这样成立起来了，共有十户参加合作社，理事长当然是叶青松。

合作社运行起来了。

庄稼一枝花，全靠肥当家，农民有了土地经营的自主权，挖猪圈、刨羊栏，秸秆杂草沤青肥，连学校附近机关的茅厕也被清理得干干净净。那时候的化肥产量少，价格昂贵得令人咋舌。在省城开会时，叶青松认识一个化肥厂的厂长，弄回一车化肥。叶强有手扶拖拉，来回运送，把分到各家各户的化肥全都送到了该送的地方。犁地耕地的活全包了。手把活，参加合作社户的土地的荷花带领几个妇女干得又快又利索，合作社真正起到了大家抱团取长补短、互助合作的作用。叶青松高兴地说，这是一条咱农民发财致富的必经之路。

几分耕耘，就有几分收获，这一年，家家户户的小麦，玉茭都获得了大丰收。合作社社员十户花生的产量和过去整个大队的收成相等。这么多的花生销路在哪里？那些常来贩花生的客商仿佛商量好了似的，一口咬定，最多只能八毛一斤钱收购。农民唉声叹气，多收了三五成，却和过去的收入一样。叶青松吩咐大家花生全部积存，他与小毛子外出找销路，又在省城遇到了乔奇。叶青松回想到这里，苦涩地咧嘴笑了笑，乔奇可以说是自己命中的贵人，一句话点醒了梦中人，与其东跑西颠地找客户，不如自己搞深加工。当下，他通过朋友，为叶青松购置了加工花生油的机器。村里的花生全部加工成花生油，再也不怕那些奸商克扣他们了。

叶青松慢慢随人群向出站口走，心里打定主意，离开家这么多年了，这次回来，一定去自己亲手创建的到口香花生油厂看看。

当初，乔奇为自己购置下加工花生油的机器，她把货发回原籍，自己坐火车往回赶。那时还没出租车，她搭乘了一辆顺路小奔奔回家。家里的情景把她吓得浑身哆嗦，父母喝了农药，口吐白沫，人事不省。叶青松立刻将他们送医院抢救，幸亏抢救及时，捡回了父母的命。事后，她才知道父母是不堪忍受丁毛兰的虐待才自尽的。叶青松如同一只发了疯的狮子，向丁毛兰怒吼："你不是人，竟做出如此禽兽不如的事来。"丁毛兰耍赖说："农药是他们自己喝下的，即使死了，也与我没多大关系。"

"要不是你虐待他们，他们会喝农药吗？咱现在就去办离婚手续。我永远不要看到你。"

"离就离，但我不能白给你叶家当儿子，你家的财产包括房屋全归我，娃们归你。你要不愿意，休想离婚。"丁毛兰说完，得意洋洋地看了老婆一眼，那条跷起的二郎腿左右晃动。

"好，我答应你，咱现在就去办手续。"叶青松咬牙答应了丁毛兰的无理要求。

丁毛兰气急败坏看看没了回旋余地，强硬地说："行，不过还有申娜也得归你管，我一个大老爷们就不是带孩子的人。"

"申娜是你姐姐姐夫的女儿，从哪方面说，也轮不着我管。"

"可是，我姐姐、姐夫死了，当初往这里接申娜，可是你同意了的，你要不管，这婚我铁定不离。”

叶青松咬了咬牙，说：“好，我就权当多生了个女儿，申娜归我管。咱一言为定，马上离婚。”

就这样，叶青松结束了自己那段荒唐的婚姻，带着三个幼小的小姑娘，同父母搬出去租房住。

二十三　巧遇旧识

上午十时左右，出租车路过如今的峪南公社，叶青松突然决定故地重游，她要到这个多年前几乎天天到这里的地方看看。自从她赌气去了古县，一次都没到这里来过。峪南乡这几年变化真大，街道两旁种植着伞一般的国槐树，像一条绿色的走廊。街道两侧则是样式规格相同、招牌各异的门面房。门面房前面早先的砂石混凝土如今全换上了深红色的花砖。阳光照在街道上显得特别明亮。她已经好久没回过老家了，父母早已过世，每次回来都是去姐姐和两个女儿家。他们家都有小孩子，即使都长大了，也应该买些礼品带过去。她有自己的专车，以往回家，都是周杰开车拉她回来。在北京住院期间，她的专车还都是周杰开着。从北京回来，叶青松宁肯招出租，也不让周杰为自己开车，即使车停着，也不想贸然再找一个司机。

叶青松买了两大包外孙和姐家孩子爱吃爱玩的东西，东西买好了，她才发觉这些东西很沉。走出店门，刚好过来一辆出租车，她招手拦下。出租车刚停下，后面一辆银灰色的小轿车也停在了它后面，还没等她走向出租车，银灰色小车的门已经打开了，从驾驶室下来一位高大魁梧的男人，一边叫着大姐，一边向她走来。叶青松定睛一看，竟然是陆金生。这个起先在各自的交际圈中彼此最讨厌最恨的人，后来竟成为最知己的无话不谈的异姓姐弟。

那时候，叶青松是曹县叶家庄大队的党支部书记，出席县的人大代表。曹县有十八个公社，后峪公社是全县最偏远也最贫穷的公社。县城坐落在城关公社正中。相比较而言，城关就是曹县条件最好、最富的公社，城关与峪南相邻。陆金生是城关公社的党委书记，也是县人代会期间，城关代表团的团长。那一年一直支持农村土地改革的梁宏达书记，调任地区做了专员。曹县新来的县委书记叫张强。一直雄心勃勃想在县乡换届选举中上一个台阶的陆金生，有幸被列入副县长的候选人名单中。在人代会期间，陆金生表现得很活跃，五位候选人中，有一个差额，他觉得自己必定是那四位当选人之一。讨论时，张强随同县委几位领导来代表小组讨论。城关代表团与峪南同为一个代表小组，陆金生为了在张强面前表功，代表发言打头炮，陆金生不仅把峪南公社，还把峪北公社的成绩都搬到了城关公社头上，还夸大其词，说城关镇正搞一个什么大项目，项目成功后，将带动多少农民致富。他夸夸其谈，全然没注意到坐在对面的叶青松脸上不屑的神态。他发言完了，叶青松说："我是人民代表，人民代表人民选，人民代表为人民。我得为人民说几句真话，为领导规划全县的发展，提供真实可靠的依据。"她的发言从另一个角度反驳了陆金生的形势一派大好的胡诌。她虽没指名道姓，但在座的人大代表和新来的县委书记以及四大班子参会的领导全都把目光投向了陆金生，陆金生面红耳赤，冷汗直流。张强书记语重心长地说，作为一名党的基层干部一定要脚踏实地地工作，实事求是，不能光耍嘴皮子。那一刻，陆金生恨不得地下有条缝钻进去。这件事成了那一次人代会上的笑柄，在代表中间悄悄传播。

第二天，人代会正式投票选举政府组成人员，陆金生落选。他灰溜溜地退出会场，关在家里几天不出门。县人代会总共有十个代表团，城关与峪南这个代表团人数最多。陆金生把此次落选的责任归罪于叶青松，要不是她在代表讨论会上的发言。这个代表团那么多的代表都会把票投给自己。如今，自己副县长没当上，反被调到后峪公社当书记。曹县历来有个说法，凡在政界混的人，只要调到后峪的人，不言而喻就是县领导不看好你，将你发配到边远地方，政治前途一片灰暗。张强不仅将陆金生调到了这个鸟不拉屎的地方，而且还要求他立军令状，实打实地拿出一点成绩来。后峪公社除过山就是坡，仅有的一点丘陵土地还都是料角石，陆金生灰心丧气，恨透了叶青松。

叶青松从省城购回花生榨油机，老百姓生产的花生全都变成了那又清又亮的花生油。过去，他们吃的大部分都是棉籽油，只知道花生用来炒着吃、煮着吃，谁也不会想到它还能榨成油。这消息像风，很快峪南公社各个村传开了，有种花生的拿来和叶青松换花生油，没种花生的拿钱来买。叶家庄两台花生油机居然每班八个人，白天黑夜连轴转。村里的老百姓不但不再发愁销花生，而且家里有壮劳力的还可到榨花生油的地方去干活。干活拿工钱，农民也可挣工资，这消息比电台广播还快，邻近的村子、公社也都效仿。一时间峪南公社周围的两个乡镇、三四十个村子也都先后成立了农户互助组，种植花生，然后加工油。乔奇不失时机地为叶青松出主意，把大家组织起来成立花生油厂。短短几年，叶青松的花生油厂迅速发展壮大，一跃成为省内龙头企业，她创建的到口香花生油品牌，也成为全国驰名商标。

陆金生雄心勃勃地想当副县长，结果却被发配到后峪。圈内人士嘲笑他，心比天高、命比纸薄。叶青松为此内疚，心里也明白那次人代会上，自己的发言为陆金生落选起到了一定作用。说良心话，她和陆金生并无过节，她的发言不是为贬低他，而是实事求是的发言。可不管怎么说，他的下场自己有一定责任。于是，她决定帮陆金生走出困境。叶青松在销售花生油的过程中，发现枸杞、土豆、红薯是超市里的热销产品，她突生灵感，去后峪找陆金生。陆金生不理她，她就在后峪租了个房住下了，号召百姓采集野生枸杞，把它烘干包装，又把土豆、红薯包装好，随花生油一起进超市，销路很好。老百姓的劲鼓起来了，她又去找陆金生。陆金生心里的怨气化作了动力，听从了叶青松的建议，一方面采集野枸杞，一方面利用其地理优势，地堰上种植枸杞，地里栽红薯种土豆。陆金生成立了一个真绿枸杞厂，老百姓所产枸杞全部统一商标、统一包装、统一上市场。后峪镇虽是山区，但地域宽广，当地还有不少外来户看好了这个行业，先后建起了十多个小型工厂，走种植销售一条龙的路子。后峪镇一跃成为全县富镇，张强调陆金生当上了县委副书记，负责乡镇企业，这才是有心栽花花不发，无心插柳柳成荫。如今，陆金生已成为了曹县的县委书记。

叶青松正想着，陆金生已来到了她面前，问："大姐，什么时候回来的？"

"刚刚到，我想回家看看，顺便给小孩买点吃和玩的东西。"

陆金生四下搜寻，叶青松连忙回答："司机家里有点事，我想回来多待几天，便坐动车回来。"

陆金生立刻上前，从叶青松手里接过大包小包，说："来，我送你回去。"

叶青松也不客气，顺手把包递了过去，依然用她过去对他的称呼，直呼其名："金生，你那么忙，该不会影响到了你的工作吧。"

"没事，今天峪南镇组织全镇党员学习十八大文件，我下来看看，马上给打个电话过去，会议按顺序进行，我完事就过去。"

听了，叶青松立即招手，说："停停停，全镇那么多的党员等着你，哪能因为我一个人影响到大家的时间，公路上到处都是出租车，我打的回去。"

"不行，你一去十多年，总是那么匆匆而来，急急而去，就没和你坐下谈话的机会。上次要不是在乔哥的葬礼上，我就拉你出来坐坐。"

"有什么事吗？"

"有！我现在是曹县的县委书记，明年换届去人大，也就是再干一届的样子。我想问你，看有没有叶落归根的想法？”

“叶落归根？”

“对，我有时候对你很不理解，你说你亲手创建的到口香花生油厂，已经成了省级龙头企业，再奋斗几年，就能进入全国五百强行列，你说走就走了，把那么好一个企业丢给别人掌管。”

“他现在不也干得挺好的嘛。”

“那叫好？那叫维持现状，这么多年了，你把厂子交给他，你又费心费力地在古县搞什么纺纱公司，你不觉得累？”

“金生，不瞒你说，我这人生就是这个性子，喜欢在艰难困阻中闯荡，从中体验生活的乐趣，平平淡淡日复一日有什么意义。”

“可你现在岁数不饶人了呀。你已经六十岁了，早该退休了。大姐，听我一句劝，当初，到口香那么大规模的企业，你可以说走就走，如今，把古县那个纺纱公司承包给别人，回来吧，咱们联手再创建一个企业。本乡本土的，亲人都在身边，不比你离乡背井强，遇着事了，哭都没对象。你现在是到了叶落归根的时候了。”

一句话戳中了叶青松的心窝子，在古县搞企业这么多年，与公司和当地人建立了深厚的友谊，眼下摊上事了，她一肚子的苦水，除了向王自强诉说外，再没别人。有时她委屈得想哭，确实哭都没个对象。由此，她想到了刘玉堂、周杰，都说人不亲土亲哩，自己待刘玉堂和周杰就差把心掏给他们，现在还没到大难临头的时候，他们已经各自飞了，周杰甚至背后使绊子，倒是周强、老杜、柳叶儿这伙人真心实意。想到这里她长叹一口气。

陆金生看着她的表情，虽不知道她在古县摊上了什么事，但一定不顺心，便乘机又劝她：“大姐，回来吧，你是我遇到的人中，目光最敏锐的人，是个搞企业的奇才。回咱们县再搞一个公司。”

“不是说从政的人不能经商搞企业嘛，你怎么有这想法？”

“大姐，我是这么想的，我再有一届就要退休了，咱们县光退休的老干部就有几十个，退下来不能拿着国家那份工资，吃喝玩乐等死吧。你也老大不小的了，回来再搞一个适合咱们干的企业，让我们这些人有个适合自己干的事，日子过得充实一点。”

“你真是这么想的？”

“那当然，真人面前不说假话。”

二十四　讨价还价

周杰住在县医院神经科已经一周了，除刚入院时柳叶儿随周丽来探视过一回外，再没人来过，来的人一律被挡在了病房外。周杰住的病房，是住院部一间高级病房，在住院部那一层的顶端。这里避开了住院病人和守护人的喧哗，除医生护工查房供药外，其他人很少涉足。王生洋一天二十四小时陪着周杰，他对周丽说："家里老的少的，你爸还是个病人。周杰只是脑神经有点错乱，住几天院就好，你就不用操心了。"

周杰那天说的话，令周丽胆战心惊，此刻她问："爸，周杰说他开车躲在冬青后，就等着柳叶儿过来撞她，结果却把周玲撞了。这究竟怎么回事？"

王生洋安慰她，说："哪有这样的事。事实是周杰开车去县城办事，到体育场边上出了点故障，他怕将车停在路边，影响来往行人和车辆通过，就将车停在冬青后修理。修好后急着走，一排冬青挡住了视线，恰巧遇到周玲路过，就将她撞了。"

"爸，你是坐车和周杰一道去办什么手续的吗？"

"没有，周杰一个人去的。"

"那你怎么知道得这么详细？"

"交警在侦查现场时得出的结论。"

周丽不作声了，她知道这几天王生洋一直往交警队跑，而处理此次事故的又恰巧是自家一个亲戚。周丽虽然觉得周杰撞周玲的事有点蹊跷，但周杰是她丈夫，周玲是自己妹子，也只能相信这件事只是巧合罢了。

这天，周丽又到医院来探视周杰，王生洋与她商议，说："依我看，周杰也不是什么大病，只是神经有点错乱，胡言乱语。我觉得老待在医院也不是那回事，不如回家，让医生开点药，慢慢养着。"

"可是，他现在连人都认不清楚，现在出了院，万一以后落下个神经病的病根儿怎么办？"

"不会的，医生说了，再用几天药就好。他现在已经好得多了，我在他身边陪护得多，他现在已知道我是他爸，还能想起过去的不少事，他的情况会越来越好。"

"我也感觉他有点好转，那就干脆在这住着，等彻底好了之后再出院。"

"不行，住院和在家治疗是一回事，我不能老守在这里，还有好多事得去办。"

"那你就忙去吧，我在这里陪着他。"

"你在这里，家里怎么办？你爸妈自己料理不了自己，还有两个娃儿。"

"没关系，我爸妈也就是一天两顿饭的事儿，我只要给他们做好，他们自己能吃了。我在这里陪周杰，家里事再多，也没周杰的健康要紧。"

"周丽，你是个明白人，我走了，你一天回家做两顿饭，这来来回回的怎么着也得两三个小时吧，把周杰一个人留在这里，我实在不放心。"

"这有什么不放心的，他虽然神经有点错乱，还不至于跳楼寻短见。你有事就放心办去，没事的。"

"不行，不能把他一个人留在这里，我已和主治大夫说了，他说带点药回家和住在这里一回事。就叫他出院吧，也省得你来回奔波。”

“行，那就让他出院吧，爸你有什么要紧事尽管去办。”

“其实，也不是多要紧的事。这事已经拖了这两年多啦，我怕她一进监狱，把咱这事黄了。”

“谁？谁进监狱？”

“还有谁！咱们朝阳公司的老总叶青松呗。”

“叶总？她犯了什么事？”

“这次纺织行业查虚开虚抵，她一下子弄了几千万，这么大的经济犯罪案，不判死刑，也得无期。”

“怎么会？这怎么可能？叶总是个好人，她不贪财。那年，我爸心脏病做手术，她一下子拿了十万。那时朝阳刚起步，她也是贷的款，让我们只还本钱，不算利息。这几年公司效益好了，村子里的路是她出钱修的，每逢节日，职工米面油没少发，河源村的五保户、贫困户每年都给钱。村里的电费全由公司承担。这么不爱财的人，怎么会偷开那么多的税票，她也清楚那事犯法的。爸，你说查虚开虚抵，是不是那些人弄错了？”

“错不了，她做的那 ·切，都是表面工作，笼络人心，要不，她会当上人大代表？”

“这些事周杰从没说过。爸，不管别人怎么说，反正我觉得咱不能跟他们起哄。叶总对周杰多好，不是人家，周杰怎么能会有今天，受人滴水之恩，应当涌泉相报啊。”

“我知道。可那虚开虚抵的事是她做的，公家弄她那是她自作自受，凡事都有因果报应，谁也救不了她。”

“可是——爸，你能不能——”

“我有分寸。你快去收拾东西，我去给周杰办出院手续。”

王生洋刚下到楼下，电话响了，他一看是大阿哥，连忙接了，对方说：“王哥，我听人说，公司有人弄到了还款证据，要是——”

王生洋连忙截断他话头，说：“我现在正给周杰办出院手续，马上就好。一个小时之后，咱在老地方见面如何？”

“好，我等你，咱不见不散。”

一个小时之后，王生洋与大阿哥在县郊好再来餐馆见面。好再来餐馆位于路旁一大片土地正中，周围全是各种各样的果树，有苹果、梨、桃、杏等。这果园里，差不多不远就有一个圆形的小桌子，供那些有雅兴的人来此喝茶。遇到果子成熟的季节，伸手可以采摘几个果子尝鲜。这样的茶座，虽距离不远，但彼此的谈话却听不见。许多想说事的、谈情说爱的、消遣取乐的都到这里来。每一个茶座都有一个很雅致的名字。老板的精心设计，使这里客人不断，经济效益十分可观。王生洋与大阿哥就来过好几次了。他们的这个茶座叫峰回路转，王生洋和大阿哥刚坐定，一个漂亮的服务员立刻送上了茶盘、茶壶和茶杯，还有两盘瓜子、糖块，一个水果刀，专供客人采摘果子削皮。

王生洋今天却没雅兴享受这些，端起服务员倒好的茶杯，抿了一口，便急切地问：“兄弟，你刚才电话里说什么，我没听明白。”

“我听人说，朝阳公司财务室的监控如实拍摄下了叶青松还那三百万的场面，可有这事？”

大阿哥的话，正是王生洋这几天忧心如焚的事儿。白天，他得守候在医院，以防有人进入病房，趁周杰神经错乱时问东问西。晚上十点过后，他估计没人会到病房来了，便骑摩托车拐回公司，想趁财务室无人时盗出那盘监控录像。不幸的是，已经好几个晚上了，柳叶儿白天黑夜守候在那里，令他无从下手。甚至那晚下那么大的雨，她还在那里，气得王生洋咬牙切齿地骂，老天爷真是不睁眼，那天要把你撞死多好，可偏偏受害的却是一个无辜的人。眼瞎，他心里已有了一个恶毒的计划。你柳叶儿不是白天黑夜地在财务室守候着嘛，那我让你带着那盘罪恶的监控录像一起消失。计划妥当，他说服周丽将周杰接回家去，他在公司护厂那些人中逢人就说，他今天要回曹县老家一趟，护厂时也捎带看看他在公司的那间宿舍，里面有不少东西呢。他计划把这个烟雾弹放出去，自己先在哪个旅馆猫一晌，待到晚上，他从公司一处低矮的墙上翻进去，把事先准备好的汽油瓶，用泡沫网包起来，里面放一个烟头，把它放进财务室后窗户台上，只要烟头点燃了泡沫网，汽油的火花就会冲天而起。你柳叶儿不是时时刻刻守护财务室嘛，那就让你和它一起去阎王爷那里报到，到阴曹地府也有个栖身之处。刚刚计划停当，大阿哥来电话了，他和大阿哥再知己，也是相互利用的关系。这事完成后，大阿哥将从他手里拿到不菲的酬金，他父子可以用这三百万的欠款，成为公司的大股东。一旦叶青松被抓，他就可以名正言顺地接管公司的全盘业务。王生洋正想着，大阿哥用胳膊肘子捅了他一下，说："王兄，事到如今，你有何打算？"王生洋胸有成竹地说："别听他们瞎咧咧，没有的事。"

大阿哥不由严肃起来，说："王兄，说实在话，如果这事掰了，我名誉威信将扫地。现在，我已上了你的贼船，想下也下不来了，那我现在就明明白白地告诉你我的酬金得翻倍。"

"酬金我不是已经给了你了？"

"我冒这么大风险，就那两个小钱，你打发叫花子？"

"二十万还是小钱？"

"二十万在我手里算个屁！再说，我带领那伙人去人大、政府、县委喊冤，这些人要吃、要坐车，还得付他们工资，你算算，这得花多少？"

"咱预先不是说好了吗？怎么到现在了，你要讨价还价？"

"咱预先是说好了，可你只是说她欠你三百万不还，没说你这事是弄虚作假，有意陷害人，谋取公司的管理权。你想想，事成之后，你将成为公司的大股东，可以获得公司上亿的财产，给我这点小钱你说合理吗？"

“那就——再给你十万。”

“不行，一个整数一百万。”

“你狮子大开口，想吃人是不？”

“嫌吃人我退出来，立刻领那伙人去人大、政府、县委自首去，说出事实真相，还我们一个清白。”

“兄弟，别做过激事，我再给你加二十万。”

“不行，除过那预付的二十万，再付八十万。”

王生洋的脑子急剧地转着圈。段陆海几个人已去广东落实叶青松虚开发票的事了。这事是自己一手操作的，他们到那里是手到擒来的事儿。一百万换取朝阳公司的管理权，还是划算的，此刻只好咬牙答应：“行，八十万就八十万，但这笔钱得事成之后才能付你。”

“不行。”大阿哥一口回绝。他心里明白，叶青松待他父子就像自己家人，他们为了获得一点股权，可以翻脸不认人，可以恶毒地设计陷害他，这样的人，哪有人心，说他们狼心狗肺一点也不为过。自己和他们只是利益关系，翻脸那是迟早的事，不如先把他承诺的八十万弄到手，才是最实在的。他阴沉着脸，斩钉截铁地说：“我等用钱，能成交就干，不成交就算。”

王生洋狠狠地咬了下牙齿，心里骂着“算你狠！”脸上却堆着笑，那笑把满脸大疤揪扯到一块，就像《动物世界》里那个狼王，令一向心狠手辣的大阿哥也不由得心里颤抖了一下，呆呆盯着“狼王”的脸。王生洋一字一板地说：“兄弟，那笔钱不是个小数目，你给我点时间，我今天下午坐车回曹县，回来就给你筹集，好不好。”

“好，那咱一言为定。反正你答应了的事兑现不了，我也有办法治你。”

二十五　恢复意识

送走大阿哥，王生洋看看时间还早，决定到公安局探听一下罢免叶青松市人大代表资格的事有没有进展。杨生坤是公安局的副局长，从他那里探听消息十拿九准。王生洋掰开指头算，段陆海一行人去广东已经二十多天了，是该回来的时候了，只要从广东拿回他设计好的调查材料，公安局这边一配合，县人大也不敢担着庇护的罪名不往市人大汇报。有基层来的材料，谁也不会庇护叶青松这个重大经济犯罪分子，只要扒掉她身上这张老虎皮，对她实行强制措施，不怕她不招供。

王生洋赶到公安局，杨生坤开局办会刚刚散会。杨生坤与化名的王生洋是没出五服的本家兄弟，说心里话，从心底里不喜欢他。本名多好，杨生旺堂堂正正，干嘛要另改个王生洋的名字，就像要搞什么地下工作似的。他曾问过一次，王生洋只是笑了笑，没做正面回答，他也不好意思深问。化名就化名了吧，朝阳公司经济效益不错，叶青松给他安排的活不重，却工资不低，福利劳保却是一等一的，他应该知足了。可这时候省税务来查虚开虚抵，偏偏在这个当口出现了叶青松经周杰之手借三百万块钱的事儿，她说钱还了，可周杰手里却有她亲笔写的欠条。根据业内人士的口碑，叶青松不是个胡说话的人。捐福利款，为当地修路，为住户承担电费，对五保户、贫困户的救助，那一年都得一笔不菲的资金。她出这笔钱，从来不迟疑，何以为这笔钱，她胡搅蛮缠。又有那十多个人成天找县委、县政府、县人大告状，要领导为他们做主，讨还叶青松欠他们的血汗钱。领头的那个称大阿哥的人，是当地有名的地头蛇、村霸，方圆数十里人说人怕的黑社会人。但其中还有两名女的，看样子是个本本分分的农家妇女，说起这笔血汗钱，声泪俱下，不像是装的。杨生坤可以不相信大阿哥，但他没理由不相信那几个一身农民打扮的人，真的假的，令杨生坤一时无法分辨。

这两天，从朝阳公司传出一个消息，说财务室的监控里调出了当初叶青松还那笔钱的镜头，杨胜坤心里想，只要有了这个镜头，那些谣言会不攻自破。如果真的是那个结局，那王生洋父子就是栽赃陷害、诬陷好人的犯罪行为，是得负法律责任的。想到这里，杨胜坤长叹一口气，这是他不愿意看到的结局。

杨胜坤刚刚坐定，给自己倒了一杯水。王生洋进来了，说："兄弟，我想今天傍晚回曹县老家一趟，来向你告个别。"他嘴上这么说，心里却想，今晚，朝阳财务室将被彻底毁掉，事情一旦发生，必定惊动公安局，杨胜坤就是自己不在现场的证人。

"回家，准备回去住几天？"

"不住，有点事办完立刻回来。儿子现在神经错乱，他给女妖婆借那三百万块钱，你没见当事人成天跟在屁股后讨债，我得回来帮他料理这事。"

"二哥，你我毕竟是还没出五服的本家兄弟，又远离家乡，外出讨生活。这人不亲的土还亲哩，何况我们同为杨门之后，更应互相关心，互相爱护。今天没外人，你给我说句实话，那三百万借款究竟是真的还是假的？"

王生洋不高兴了，说："兄弟，难道你也怀疑这事是假的？我做假行，那十多个讨债人，成天这个部门那个单位喊严惩叶青松，讨还血汗钱，也是假的？"

杨生坤连忙摆手，说："没有没有，最近我听到了一些传言，想和你证实一下，没有就好，我也不替你担心了。反正她叶青松再说她还了，有证据在那摆着，真的假不了，假的也成不了真，雪里埋死尸架不住太阳晒。车票买下了？几点走？”

“买下了，晚上十点钟的动车票，我七点就得坐公交赶火车，到超市买点当地特产带回去。临走，我有一句话想问你，公安局报县人大常委会，讨论罢免叶青松市人大代表资格的报告，递到市里了吗？”

“没有。据我所知，人大常委会组成人员对此意见不统一，大多数人认为，叶青松是咱县纳税大户，经济犯罪的证据一定得确凿，不能冤枉一个好人，尤其是企业家。”

“哦……是这样，那要是段陆海外调回来，拿到她虚开虚抵的证据，是不是就可以上报了。”

“二哥，我劝你一句，今后还是少过问这件事，至于段陆海外调材料，只要属实，他会如实向主管领导汇报的。只要是叶青松犯下了罪过，她逃脱不了，不是她的，别人也强加不到她头上。我刚才对你说的那些话，本不应该说，但我们是兄弟，我只想给你提个醒，有些事别搬起石头砸了自己的脚。”

“好好好，谢谢兄弟，我走了。”王生洋一边扭头往外走，一边心里告诫自己没有退路了，今晚的行动一定要成功。

他一边走一边在心里嘀咕，烧毁财务室！财务室也不过就是一个领钱发钱的工具，你领，他汇，过路财神爷，干嘛非要装一个摄像头监督来人，也监督自己人。十来米的空间里，人没有隐私权，连一个暧昧的举动都被你一一收到眼底，要你何用，早就该烧毁了，烧成灰才解恨。

烧死柳叶儿，好好的一个女孩儿，长得看似精干漂亮，实则是个大傻蛋。公司一年能多给你发多少工资，闲得手脚痒痒，翻那陈年老账监控记录。你翻了也就罢了，还四处宣扬，铲除邪恶，扶持正义，扶你娘的个鬼去吧。烧死你不知道好歹的家伙，到阴间做鬼，鬼都嫌弃你。

隐隐约约中，王生洋发现了那十个一班的护厂队。这个班的带头人王来福对他手下人喊叫，嗨，大家干的工作就是护厂，精灵点儿，厂区大了，别死死坐到那像根蜡似的。特殊时期，特殊使命，在咱值班的时候，任何地方都不许丢掉一颗螺丝钉。

王生洋越嘀咕心里越烦，差点儿把自己心里话喊出来。烧烧烧，把这些让别人当枪使的家伙，个个烧成木炭，木炭引火变成灰，倒到茅厕里让蛆拱！让屎臭！让灰末儿下到地里任人用脚踩，用镢头砸，变成鬼魂儿都无法托生。王生洋恨得咬牙切齿，要不是柳叶儿，要不是别人给根麦秸也当旗杆的护厂队，他接连潜回公司好几个晚上，那监控记录早已成了他的囊中之物，何至于现在这么被动，逼他走险棋。

周杰被周丽接回家，除了按时让服药外，一有空，她就陪他聊天，她说："周杰，你还记得吗？我们在大学上学，同一班，我的座位在你前面。大学考试有时也和现在的中学生一样，在试卷上答题。我哪道题弄不明白了，写个纸条，指头夹着在背后一晃悠。你看到了，拿住在上面写了答案，一个指头在我背后一杵，我将手伸向背后，答案到手了。想一想，你说可笑不可笑，我们都上大学了，还像小孩子那么能闹腾。你想想，有这事吗？"

周杰眼睛眨巴了一下，再没了反应。

周丽又说："周杰，你还记得吗？咱俩谈婚论嫁时，我爸妈坚持说我家就姐妹俩，非要找个上门女婿，还得改名换姓。你小名叫二子，官名叫杨杰，你爸说啥都不同你招亲，更不许可你改名换姓。你趁你爸妈不在，偷走了户口本。咱们到民政局登了记，你正式改名叫周杰，你爸上门兴师问罪，你咕咚一下跪地上，央求说，爸，儿子的婚姻你就让儿子做主吧，不管我叫杨杰，还是叫周杰，将来一样孝敬你。"

周杰咧嘴笑了一下。

周杰的笑给了周丽极大鼓舞，她继续说："周杰，我爸妈是朝阳公司的前身阳光纺织厂的职工。咱结婚那时，阳光效益还不错，咱俩要外出打工，我爸妈不同意，要咱们留在阳光，除挣钱外还能一家人待在一起尽享天伦之乐。我不同意，太想外出看看世界有多精彩。我妈打了我一巴掌，你心疼得啥似的，连忙给妈赔不是，消消气，消消气，我们只是想外出看一眼世界，你老不同意，我们就留下来孝敬你。你这一说，我爸妈立刻改变了主意，允许我们趁年轻在外闯荡二年。我那个高兴啊，你买回一大桌好吃食款待老人。你还记得吗？你知道我爱吃糖葫芦，提一大兜东西进小巷买山楂串，结果让小偷偷走了口袋里的钱。”

周杰扑哧笑出了声。

周杰的表情，让周丽开心极了，她扑上去，鸡啄米似的在周杰脸上亲吻了一阵，满脸是泪，回忆说：“我们在外面打了不到一年的工，我怀孕了，得回家里生孩子。你毅然辞掉工作，陪我一起回家到阳光纺织厂上班。可阳光已开始走下坡路了，几个月后我们一下子生了一对龙凤胎，家里的开支增加了一半还多。爸妈让你外出打工，你舍不得我，更舍不得一对儿女，将就在阳光上班，下班之后又四处找零工，你累的呀，进门倒头就睡。想想那时候，咱们过的日子，那真叫闹心。”

周杰脸上还是挂着笑，眼角却有几颗大大的泪珠滚下来。

周丽的眼圈也红了，接着说：“周杰，我们家现在过的日子，你应感谢你曹县老乡叶总。爸妈身体不好，又有两个年幼的娃儿，我成了一名地地道道的家庭主妇。朝阳成立之后，公司的效益打着滚儿向上翻，工人拿不菲的工资，退休人员也可拿到退休金。你呀，成了叶老总手下的红人，不仅拿高薪，各种补贴、福利令他们都眼红得不得了，公司那些人私下称你二老板。”

周丽如数家珍，想起什么说什么。周杰也随着周丽的话，脸上木然痴呆的表情逐步消退，代之而来的是喜怒哀乐。

晚上十二点过后，人们都早已进入了梦乡，周丽的诉说也暂告一段落。突然，大门外一阵喧哗，好像有人大喊，起火了！起火了。周丽翻身起来，穿上裤子，披了个袄便往外冲。河源村除过路灯和一些住户的电灯光外，并没有着火的迹象。周丽刚要转身回家，隔壁柳家又听到了喧哗，显然是人从屋里出来已在院子里了。周丽循声过去了，只见柳家父母、柳叶儿的丈夫，还有老杜和几个邻居都在，只听柳家母亲问："你快告诉我，叶儿她究竟怎样了，好端端的怎么会着火，公司不是有那么多的人护厂吗？他们都干吗去了？"柳叶儿的丈夫王小明，连忙伸手制止："妈，你别插嘴，听杜师傅说究竟怎么回事。"

老杜清了清嗓子说："大妈，明哥，你别急，柳叶儿没多大事儿，只是被烟火呛得昏过去，住一两天医院就好。"

柳妈又禁不住问："怎么会有火呢，那财务室里又没啥引火的东西。"王小明刚要说话，老杜伸手制止了，说："情况是这样，十二点左右，护厂的工人们正要换班，突然发现财务室窗后有一道火花，大约只有一分钟的样子，财务室里就火光冲天了，护厂的工人们赶快去救。柳叶儿已穿好了衣服准备开门，被熊熊燃烧的烟火包围了，昏倒在门内。我们砸开门，才把她抢救出来，人没大碍，怀里还抱一个包。"

王小明跺脚道："这个犟种，不让她去厂里，她偏去，这下出了事吧。"

老杜道："别埋怨，柳叶儿也是一番好意，想尽快帮公司把事落实了，恢复生产。我回来告你们一声，柳叶儿在医院，你赶快去看看她。"

人慢慢散了，周丽回家，刚一进门，周杰突问："周丽，外面发生了什么事？"

周丽一惊，说："啥，周杰，你好了？"

周杰轻松地笑了，说："不知怎么的，我脑子里突然灵光一闪，我就像从梦中醒来一般，想起了好多事。"

周丽疯了一般搂抱住周杰，一边在他脸上狂吻，一边说："老天爷真是开眼，我丈夫这么好的人怎么可能变成一傻子憨憨，我高兴啊，真是太高兴了。”

周杰反手抱住她，问：“外面人声嘈杂，发生了什么事？”

“公司财务室着火了，柳叶儿在里面守夜，被浓烟呛得昏迷不醒，人正送医院，老杜是回来喊她家人的。”

“真的？”周杰脸色突变，一下子像木偶似的坐在那一动不动，吓得周丽又叫起来。

听到朝阳财务室失火的消息，周杰放声大哭，一边哭一边喊：“他真是一错再错，自掘坟墓自取灭亡啊！”

旁边的周丽瞪大眼睛看着他，听他的话音知道不是在说胡话，便一边轻轻拍着他的背，一边在他的胸前一下又一下地往下推着，安慰他道：“杰，亲爱的，别激动，有话咱慢慢说，谁一错再错？”

周杰知道瞒不住了，也不应瞒她，猛地转身伸开两条胳膊把周丽紧紧搂在怀中，抽泣着说：“丽，亲爱的，我的好媳妇儿，这事我早就该告诉你，可我脚踏两只船，进不得退不得，始终鼓不起勇气对你说，也不知道怎么开口。”

周丽继续安慰他：“咱们是夫妻，夫妻之间没有不能说的话，你尽管说，错了不要紧，有难同当，有福同享。来，咱们不要站在当院，有话进屋慢慢说。”

周杰这就把他知道的一五一十全告诉了周丽，周丽一时气得呼哧呼哧喘粗气，不由得骂：“你爸真不是东西，叶总好心好意收留他，他不感恩，反把多年前的老账翻出来，设圈套害人家，况且，他当着法官徇私枉法本身就是犯罪，自己不检讨自己，反怪人家，世界上哪有这样的人。唉，这个叶总也是，那么聪明的一个人，怎么犯糊涂要引狼入室呢。”

周杰检讨说：“这事也怪我，当初他来投奔我，我看他怪可怜的，毕竟是我的亲生父亲，就央求叶总收留他。当时我还奇怪，明明我和他是父子，他却一再叮嘱，要我对叶总说我和他是老乡关系。更奇怪的是，他本名叫杨生旺，怎么叶总问他叫什么时，他竟脱口而出说叫王生洋。我不明白，出来问他，他说自己不是我爷亲生的，是养子，自己的亲生父亲姓王，所以他想姓亲生父亲的姓！直到好几年后，他设好了圈套套叶总，他才告诉我实话，说因为叶总的缘故，他被赶出司法队伍，他要报仇雪恨。”

“你爸这人也真是的，那毕竟是好多年之前的事了。叶总那么信任你，把你当心腹当知己，当亲儿子似的亲，你反过来又整人家，且不说叶总怎么想你，单外人的唾沫星子就能把你淹死！杰，你还年轻，正是活人的时候，千万别把自己弄得谁也不把你当人看，谁也不敢和你打交道，谁都鄙视你、厌恶你。那样，你从今往后将寸步难行。”

“那我怎么办？我怎么办？一边是我的亲生父亲，一边是器重我重用我的人。我又迈出了这不该迈的一步，我现在后悔死了。世界上没卖后悔药的，如果有，我当初就不该央求叶总收留他。”

周丽沉思片刻，斩钉截铁地说：“你现在只有大义灭亲这一条路可走。”

“大义灭亲，你让我去司法机关检举、举报他？再怎么说他也是我的亲生父亲，单不说外人怎么评说我的行为，单我哥和我弟都不会原谅我这样做。”

“原谅不原谅你都得这么做。你爸设圈套陷害叶总，他的圈套再天衣无缝，真的假不了，假的也成不了真。他总会在不经意间留下漏洞。省国税局不是外调了嘛，外调肯定不能完全按你爸设计的走，再加上他做假证，诬陷讹诈人家借那三百万块钱不还，又火烧财务室。他玩火自焚，只是迟早的事。”

“不行，不行，就算我现在举报了，我也脱不了干系，借那三百万毕竟是经我手借的，我现在就是跳进黄河也洗不清。”

“那三百万是你借的不假，当初准备诬陷叶总那三百万借款没还的主意是谁出的？”

“我爸。”

“那三百万借条你不是说撕了嘛，后来那个借条是怎么来的？你们找谁做的假？”

“没找人，我爸在法院工作时，接触过这方面的知识，我描绘了一下，那个借款条是怎么写的，他自己模仿得，跟真的一样，连叶总都没看出来是伪造的。唉，都怪我一时起了贪念，我爸又一再劝说，心想，这么大个公司，经济效益这么好，区区三百万算个啥呀，如果此举成功，用这三百万入股，在公司每年岂不可以又多分点红。”

“这么说，这次事件你爸是主谋，你是从犯。亲爱的，你给我说实话，为什么刚才你一听到财务室失火，表现得那么惊慌失措？”

“我不是已对你说过了，人算不如天算，我们自以为有了那张仿真欠条，叶总她就是到了天边也说不清楚了，我们可以趁次机会，轻而易举地得到这三百万。她这次虚开虚抵倒霉是铁定了的，到时，她一进去，我们就是最大的股东，经营朝阳是名正言顺的事儿。”

“那财务室失火跟这有关系吗？”

“有，这关系大了去啦。公司停产员工放了假，唯有这个柳叶儿天天到公司的财务室转悠，自从监控室发现了叶总还款的录像，她白天黑夜地守在那里。于是，爸产生了用车撞死她的念头，所幸的是她逃过了这一劫，车没将她撞死，只有烧了财务室，才能把证据与活口一起消灭掉。我意识到失道寡助这句成语，想就此打住，可爸他主意已定，我所有的劝说都是那么苍白无力，于事无补。”

“别爸长爸短的，他害你还不够吗？他要不来，公司经营得好好的，你二老板当着，钱不少拿，又受人尊敬。如今倒好，事情败露，他坐监狱还得把你拉上。你说说，你走了，两个娃儿还小，爸妈又是一对病秧子，花钱还得人照顾，这日子让我怎么过？……呜……”周丽说着，不由得放声大哭。

周杰也跟着掉眼泪，说：“丽丽，不要哭。你再哭，我也得跟着你放声大哭了，让邻居听见多不好。叶总借款的事是我走错的第一步，这以后就一错再错，一碗水已泼到了地上，我现在是想收回也收不回来了呀！”

“还有补救措施，公安局不正为财务室失火要调查吗？你作为知情人去举报，把所有的责任全推给他，把你洗出来。”

“这样行吗？毕竟他做这事时，我是知情者。后来、后来还参与了这事。”

“行，人嘴是圆的舌头是扁的，啥事还不全在人说吗？撞柳叶儿的事你只要说你不是故意的，那只是偶然，其他的事一推六二五，全推到你爸身上。反正事发他坐牢是必然的，你们毕竟是父子，能一人坐牢为啥非要二人去？”

“可是——可是，用车撞人毕竟是我的事，我说不是故意的，只是偶然，能脱得了干系吗？人家会相信吗？”

“能。你开车撞人，受害者是我妹，哪怕我去给她叩头，也要取得她的谅解，交警队主事的又是咱一个亲戚，这事交给我去办。你现在要紧的是一口咬定这事自始至终都是你爸策划的。”

周杰一夜没合眼。周丽只是眯了一下，天就亮了，她翻身下床，一边洗漱，一边对周杰说：“快收拾收拾，我陪你去公安局，先找你堂叔把这事说说清楚。完事之后，我去省城医院看玲子，这起交通事故很快就要结案了，我和她商议一下怎么说。”

周杰穿好衣服下床，心事重重地弯腰提裤子，周丽笑着叫：“哎呀，你看你，怎么把我的秋衣穿上了，还穿反了，快脱下，这是我昨日才给你买的秋衣。把裤子也换一下，穿精神点，别老低着脑袋，一副失魂落魄的样子。”

周杰突然抓住周丽的双手，颤声道：“丽，亲爱的，我心跳得厉害，我怕，真的好怕好怕，万一这事出来了，人家判我坐牢，你怎么办？娃怎么办？还有两个老人，你能照顾得过来吗？”

周丽紧紧抓住周杰的双手，感觉那双手在微微颤抖，安慰道：“亲爱的，别怕，一个人哪有不犯错的，改了还是好同志嘛。你受刑罚是肯定的，但你能投案自首，主动交代自己的错误，帮助司法部门破案，也是立功的表现，处罚相应会轻一点。至于家里的事你别操心，车到山前必有路，会有办法的。快洗脸，早餐我做好了，吃过饭咱们出去一下。”

二十六　曾经的岁月

离开曹县到古县十多年，叶青松也曾无数次回过家，但哪一次也没这一次感觉到家乡是这么亲，从她下动车，呼吸上曹县的空气，她就突然感觉到浑身暖暖的，要多舒服有多舒服。在古县，连日来查她虚开虚抵，几个人锲而不舍地去县委、县政府、县人大告她的状，告她欠着人家的血汗钱不还，还虚开发票坑害国家。叶青松纵然浑身是嘴，面对那伙怒气冲天的人，也说不清楚这个弯究竟在哪里弯着，心里想着自己到古县这么多年，浑身的解数使尽了，把朝阳打理得成为省级龙头企业，她自己成为三八红旗手、巾帼英雄、慈善企业家。这些光环金光闪闪，到头来，自己却连一句辩白的话都说不清楚，连自己视为亲兄弟的刘玉堂都像躲瘟神似的躲着自己。叶青松只感觉冷，冷透了。她曾产生了一个想法，舍掉朝阳，舍掉这里的一切，就像当年舍掉到口香花生油厂，交给一位股东打理，一拍屁股来到古县一样。一切从头开始，她要另打理一个企业，几年之后，她要像一颗星星一样悬挂在空中，让所有人瞩目。可是，她现在想拍屁股走都走不了。她清楚这一切的幕后主使是王生洋父子。叶青松是个聪明透顶的人，但她却看不透王生洋父子所为何来，她待他们像亲人，像知己的朋友，对他们没有任何秘密可言。正所谓用人不疑，疑人不用。她就差把心掏给他们了。他们要是有良心的话，会对自己感恩戴德，他们要是块石头的话，也会被自己焐热了，就算是条狗，也会对自己摇摇尾巴。

陆金生开车送叶青松回家，有好多话想对她说，看到她心事重重的样子，忍住了。车到叶家庄了，眼前就是叶青松曾经建起的到口香花生油厂，她突然对陆金生说："停，我想到油厂看看。"

"行，我把你送到油厂门口。"

"不必了，这段路我想走走，边走边看。"

"那好，你去看吧，乡镇上人正等我开会，我走了。咱晚上还到老地方坐坐，怎么样？"

"好，我也正好有话想对你说。"

叶青松顺着一条混凝土路往前走，走几里地，就到了到口香花生油厂，她一边走，一边看，这块土地曾凝聚了多少心血啊。

这里原来是一条七高八低的沟，土地全部分给了农民，唯有这片土地只长荆条、蒿草，谁也不要，村里人称它为乱石滩。

峪南镇，过去叫公社，百分之八十的地是沙土地，只适合种植花生。土地联产耕种后，农民舍得投资，管理到位，花生产量打着滚地向上蹿，家里堆不下，放院子里，院子里放不下，便一垛一垛码在了打麦场上。那时候，农民心里只有一个念头，那就是怎样把花生变成钱。

叶青松清楚记得，曾经到这里收购花生的是一个做炒货生意的王老板。王老板人又瘦又小，却精得像猴。开始那几年，每斤花生收购价是一元钱，单叶家庄农民的花生就有二三十万斤。王老板照单全收，他的炒货店也由几个变成了几十个。后来，收购价降到了九毛，隔了一年又变成八毛。最后这一年，他一下子将收购价降到了六毛。来峪南镇收购花生的包括王老板在内也就三五个客商，他们统一了口径，六毛一斤，多一分也不收。而且他们还叫苦连天，说这几年市场不行了，六毛钱收购的花生赚不了多少钱，弄不好还赔本。六毛钱除去投资和人工费，农民所剩无几。他们犹豫着不想卖，而王老板多一分不收，就这样僵持了不到一个月，有些农民顶不住了，六毛钱卖了虽没赚头，但毕竟比码在那烂掉血本无归强。有几家悄悄找王老板，计划出售，其他农民见状，恨得咬牙，却又无可奈何。叶青松当时是叶家庄的党支部书记，向大家说，你们暂时忍耐一下，我组织人专门出去跑销路。

于是，支部组织了五个人分头行动，其他四人跑附近县市，叶青松跑省城。

省城里，叶青松再次遇到乔奇。一直以来，她就对全省最富村党支部书记怀有敬佩之心，此时见了面，不由自主地说出了自己家乡面临的困境。乔奇一句话点醒了梦中人，多种经营全面发展啊。那么多的花生，有资源，你们可以加工花生油啊。那可是市场的奇缺货。乔奇的妻子有病，他是携妻到省城看病的。他把妻子安顿好，陪叶青松逛遍了省城各大超市，除一个超市有花生油外，其余超市全没有，乔奇带叶青松见了一位在超市当经理的同学，一听说要建花生油厂，他的眼睛立刻亮了，说："好啊，你加工，我销售，咱们双赢。"

看好了销路,乔奇又和叶青松去省城的机械厂,看榨花生油的机器。叶青松买了两台榨油机，她的互助合作小组有十户人家，原本打算机器钱大家分摊,先加工本村老百姓的花生,花生收购价比王老板高二毛。这几户人家不依了，人家炒货老板收购花生出六毛，咱自己村收老百姓花生多个三五分还不行，你一下多二毛，这赔了算谁的。大家不想出钱。叶青松说，那好，榨油机钱我出了，赔挣与你们无关，你们每户只管出个壮劳力干活挣工钱，每加工一斤油五毛钱，挣多挣少你们平均分。这好哇，只要舍得出力，工钱哗哗往口袋流。叶强领了八个人，负责两台榨油机的加工。年终结算，他们每人单工钱好几千，顶地里两三年的收入。可除去花生本钱和他们的工钱、榨油机钱，叶青松一个人卖花生油赚的比他们的工钱多好几倍。这下，他们高兴不起来了，叶青松见状，乘机说："买榨油机时，我并没有想着自己赚钱，这榨油机是以咱互助小组名义买的。既然你们想通了， 那榨油机的钱还按户分摊，利润也按户均分，你们说呢？"大家虽心里乐意，但也不好意思说行，只说，那今后我们听你的，你说咋干就咋干。

叶青松有了更大的想法，她说："咱现在加工的还只是咱一个村的花生，咱们峪南乡十九个村每年得产多少花生，咱曹县呢？"众人眼睛一亮，似乎眼前的路更宽了，他们搓着手说，那依你的意思，……叶青松紧握左拳，狠狠地砸在右手上说："干就干大的，我想在乱石滩建个花生油厂，大家做股东，怎样？"

大家异口同声地说："那好哇，但乱石滩不是我们村的，虽说这么多年都荒着，但要在上面建厂子，恐怕不好办吧。"

叶青松胸有成竹地说："娃子哭了找他妈，只要你们乐意跟我干，我去找公社刘书记去。"

"乐意！乐意！一千个一万个乐意。"大家的叫喊声几乎要把屋顶掀翻。

曹县是个大县，二十一个公社几乎全部分布在黄河流域的沙滩上，所以这里的主要作物就是花生。全县人口三十多万，除有两三个说是工厂，也和小作坊差不多的厂子外，没什么工厂。县上也曾号召大家多种经营全面发展，县领导喊哑了喉咙，但这里的人，依然是东山日头背到西山，面朝黄土背朝天。好不容易出了个敢想敢干的人，峪南公社刘书记自然把叶青松当贵宾，说把乱石滩承包给她，其实等于白送，还负责给她跑贷款。不出两个月，花生油厂建好了，销路十分看好。乔奇不失时机地提醒她，创建自己的品牌，花生油厂从此有了一个响亮的名字——到口香。花生油在市场供应不求，不仅消化了峪南公社周围这几个公社的花生，不出一年，曹县几乎所有的花生都源源不断地送到了到口香花生油厂。做炒货生意的王老板对叶青松说："大姐，咱们相处得不错，你却断了我的财路。"

叶青松哈哈大笑，说："这是你逼的。断了你一个人的财路，却富了曹县二十多万农民，这是值得的。"

到口香花生油厂步入正轨，立刻显示出了它强大的生命力。就在这个时候，乔奇的爱人病故，他毅然辞掉了村党支部书记的职务，自己亲手创建的几个村办企业拱手相让，只身来投奔叶青松。叶青松有了志同道合的伴侣，事业上如虎添翼，短短几年，他俩联手愣是将到口香品牌做成了国内驰名商标，花生油厂跻身省龙头企业的行列。

正当他们事业蒸蒸日上之时，乔奇抱回了一个嗷嗷待哺的婚外子。叶青松生平最恨的是身边人对她的背叛，尤其是亲近之人。叶青松毅然辞掉了到口香花生油厂总经理的工作，把位子甩给一个股东，悄无声息地到了古县，与乔奇拉开了旷日持久的冷战。

直到几年之后，乔奇抑郁患癌症而逝，叶青松才真正后悔了。乔奇的坟就在到口香花生油厂不远的地方，之所以把乔奇葬到了这个为当地老百姓创造财富，倾注了她与乔奇几乎全部心血的油厂附近，是她对乔奇满满的思念。她计划去油厂之前，先去乔奇的墓地看看。

"大姐……"陡然，叶青松听到背后有人叫，回头一看竟然是前夫丁毛兰与他现任妻子朱兰。离婚两年之后，丁毛兰娶了朱兰，不是一家人不进一家门。这朱兰和丁毛兰一样地懒，家里分了几亩责任田，他俩把几亩地经营成了荒草滩，小麦地里的茅草比麦苗高，远远看去像一片芦苇滩。玉茭地里的草把玉茭淹没了，草籽产量比玉茭多，成为当地养牛羊户的放养必去之处。朱兰做一顿饭能吃四天，吃过饭的碗不刷，几顿下来，碗里的饭菜渣厚厚一层。苍蝇像是谁随意撒了一把黑豆，爬在足有一指厚灰尘的案板上。地上堆的杂物，人进门首先得用脚把这些东西拨拉到一块，不然没有落脚之处。这两个活宝组成了一个家庭，成天少吃没喝没钱花，急了就去找叶青松。朱兰身懒，嘴却甜，见了叶青松一口一个大姐，哭诉家里日子艰难。叶青松每次都甩他们几张百元大钞，要他们今后别来找自己。他们口头上答应着是是，不来了，再也不来了。过不了多久，没吃没喝，没穿没花的了，依旧去找。丁毛兰甚至涎下脸央求叶青松道："大姐，你可怜可怜我们吧，你就当生了两个没本事的儿女，总不忍心看他们饿死冻死吧。"话说到这份儿上了，叶青松还得给，久而久之，他们还真像是她的一双没有生活能力的儿女一样。

此刻她心里不由一阵发狠，当年那荒唐的比武招亲，葬送了自己多少美好岁月，这么多年了还是甩不掉。叶青松急着要去乔奇的坟地，没精力与丁毛兰、朱兰说少盐没醋的话，便随手掏出几张钞票扔给他们，径直向前走去。

叶青松在乔奇的坟上，与他认认真真地对了一次话，像许多年前一样，不服输的拗劲又回到了她身上，她一定可以摆脱那些烦心事，开始新的生活。

在叶家庄村口，她意外地遇到了马丁，这个曾经将她恨之入骨，后来又相处得像亲姐弟一样的大马庄村的大队党支部书记。他现在一改过去的恶习，在村里办了两个村办企业，经营得红红火火。他看到叶青松一脸的惊愕，问："大姐，你、你没事了？"

"事？我能有什么事？"叶青松也对他的问话感到惊奇。

"我听说古县查虚开虚抵，你被查出几千万，有重大经济犯罪嫌疑，公安局要抓你。"

"查是查了，但还没有落实，更没有抓人这一说。"

"那就好，那就好。我就说嘛，像大姐这么光明磊落的人，再怎么说也不会有这事。我姐夫回来说时，我还和他抬了一阵杠子。"

"你姐夫是谁？"

"你不知道？咱曹县人，在古县人大常委会当副主任。"

"副主任？是刘玉堂？"

"对，他是我姐夫，前几天陪同我姐回来看了看，顺嘴说起的。他还说你这次跌了，得判重刑。"

叶青松久久说不出话来，难怪刘玉堂一次次地远离自己，原来怕自己连累到他。此刻，她十分平静地说："是福不是祸，是祸躲不过，我相信稽查组一定可以查个清楚。"

二十七　原来如此

叶青松家的所在地，可以说是一个小集镇，没有县城那么的喧哗，但麻雀虽小，五脏俱全，各种商铺林立，应有尽有。自从到口香花生油厂建了，这里先后又建起了炒货厂、纸箱厂、饮料厂等等。这些商铺看起来冷清，实则却不少赚钱，他们赚的大多是来此地经商谈生意的客商的钱。叶青松的家是她和乔奇共同建立起来的，就在街的最边沿，一边是农民的土地，一边是集市上的商铺。她当初之所以选择在这里建房，因为这里距油厂不远，她和乔奇管理方便。这里的老百姓传统种植小麦、玉茭和花生。后来，这里开始栽种猕猴桃，树下种植花生，居然经济效益十分看好，老百姓见状，也纷纷效仿，不久这里便成了曹县的一个猕猴桃种植基地。叶青松房后便是猕猴桃园，猕猴桃开花期间，蜜蜂、蝴蝶在树丛中飞来飞去，那嗡嗡声犹如一曲仙乐，常让叶青松流连忘返。猕猴桃成熟了，果香让她直吸溜鼻子，因此她最喜欢吃的便是猕猴桃。

叶青松回到家，正是傍晚时分，天色朦朦胧胧。她轻轻推开门，只见宽大的客厅里，摆了两排长长的条桌，中间能有两个人同时并行的走廊。每张条桌上十个茶盘，每个茶盘中间有个大大的名叫“仙桃妃”的鲜桃，周围是猕猴桃。每个茶盘后面是一支尺把高的红烛，红烛烛光闪闪，把个条桌中间的走廊罩上了一层神秘的色彩。叶青松不知所以地慢慢往里走，心里直怀疑自己走错了地方。

就在这时，从东西两边门里各闪出几个人来，他们一边拍手一边唱着祝你生日快乐！祝你生日快乐！从条桌后面慢慢围拢过来。叶青松这才看清，这些人中，有白发苍苍的老姐和姐夫，有自己的两个女儿、一个女婿，还有她们的孩子。叶青松刹那间热泪盈眶，这才想起了今天是自己的生日。她激动极了，正要开口说话，只见一个半大男孩从走廊那端冲过来，一下子抱住了她，口里喊着：妈妈，祝你生日快乐！正是错儿。

叶青松抱住错儿热泪横流，条桌两旁的亲人全都围拢过来，把她围在其中。错儿伸出两只胳膊，抱住叶青松的头，在脸上鸡啄米似的连亲几口，甜甜地叫："妈妈，我们为你准备了生日宴。"

"好啊——"叶青松高兴了，且不说生日宴，只要能与亲人坐在一起，促膝谈心，倾诉心底的喜怒哀乐，也是无限的幸福。

大家围圆桌坐定，自从叶青松进门，眼睛就一直盯着她的大姐说话了："妹，这次回来不走了吧？"

叶青松还没想过这个问题，一时不知该怎么回答，只是笑了笑。大姐夫接过话头："刚才陆书记从门口路过，进来聊了一会儿。他说你要回来搞一个什么企业，让我们再敲敲边鼓，大家鼓鼓劲儿，帮你把这个企业建好。他说得对吗？"

"对——"那会儿她与陆金生偶遇，他的几句话确实让她思索了一阵。叶青松是个事业型的人，一听说搞什么事，立马就来精神了。她在纺织品行业混了十年，喜欢上了那些琳琅满目的床上用品，在心里设计了几套从床罩到被罩以及枕头样式的图案。如果这些图案变成实实在在的物品，一定很受欢迎。她很希望建一个床上用品公司。此时，她说："陆书记希望我留下来，在曹县再搞一个企业。他组织退休后的老干部们发挥点余热。"

大姐急切地问："你答应了？"

"没有，我没说行，也没说不行。"

“那你快答应了。你说你这离乡背井地成年漂泊在外，多叫人操心啊。回来吧，人不亲的土亲哩，油厂那些个工人老对你念念不忘。”

大姐夫接着说：“对，还是回来好，亲人都在这里，遇到事了，也有个帮衬。嗯，听说我们村杨家父子也在古县一个什么公司干，干得还不错，很受老板器重，毕竟是咱曹县的老乡哩，有事你去找他，也好有个商量头。”

“杨家父子？我不认识他，也不知他们在什么公司。”

“一说你就知道了，就是早先在咱们法院当哪个庭当庭长的杨生旺，后来因为一个什么案牵连不干了，听说现在在古县。”

“杨生旺？”叶青松何止是认识,他就是自己当曹县人大代表期间，被赶出司法队伍的。过后，杨生旺曾找到她发狠地说：“今日你敲掉了我的金饭碗，来日我要让你将牢底坐穿。”当时叶青松十分平静地说：“你搞搞清楚，我也不过一名人大代表，只是说了几句公道话而已，不是我敲掉了你的饭碗，而是你自己毁掉了自己的饭碗。假如将来有一天我犯了错，不用你，我自己会进监狱，我要不犯错，任你天王老子我也不怕。”

“好——”杨生旺咬牙切齿地说，“天不转的地转哩，碰不着的遇见哩，假如有一天你犯在我手里，我要让你生不如死，将牢底坐穿。”

叶青松回过神来，问：“大姐夫，你确定杨生旺在古县？”

“对，没错，我们一个队，这话是他儿子媳妇说的。”

“你刚才不是说他父子都在古县吗？”

“对，杨生旺三个儿子，老二上学期间，和古县一个女同学谈恋爱，女方家没儿子，便把他招了过去。”

“那你知道他们在古县什么企业干？”

“不知道，好像听说他二媳妇家姓仇还是姓邹，叫什么丽的。”

叶青松没再作声，她心里琢磨，这个杨生旺是不是就是在朝阳的王生洋，周杰恰巧招亲到古县，他的媳妇刚好叫周丽。要真是他们的话，难怪啊——他们一系列的行为就可以理解了。这可真应了他那句话，天不转的地转哩，碰不着的遇见哩。

二姐的话把叶青松从沉思中拉了回来。“妹啊，来尝尝这道鱼，这是你姐夫专门去黄河滩买的。噢，妹，刚才你说县委陆书记让你回来，你可千万得买人家这个面子。回来吧，咱一家人待在一起多好。千里迢迢地在古县，遇事了，连个说知心话的人都没有。”

从今天陆书记给她说那番话的那一刻起，叶青松已在心里打定了主意，待这次虚开虚抵的事结束，就像当年决定买断阳光一样，快刀斩乱麻把朝阳处置掉，回曹县老家。不用半年，自己就可以筹建一个床上用品纺织品公司。

正说着，叶青松手机响了，一看，竟然是王自强。她按下接听键，立刻传来王自强兴奋的叫喊声：“嗨，叶总，尘埃落定，尘埃落定了呀。”

“你说什么？我没听明白？”

“我是说他们查你虚开虚抵的事有了结果啦，你快回来吧。”

“什么结果？”

“电话上说不清，你快回来吧，回来就知道了。”

“那你先给我透露一点。”

“有对你有利的一面，也有不利的一面。”

叶青松放下电话，立刻朝女儿喊：“引弟，快给我订张明天去古县的动车票，我有急事。”大姐和二姐几乎同声地说：“小妹，这刚回来坐垫还没暖热，怎么又要走？有啥急事也缓两天，你回来我还没来得及和你说会儿话哩。”错儿连忙扑到叶青松的怀里，撒娇说：“妈妈我不让你走！不让你走！”叶青松无限慈爱地抚摸着他的头，哄他道：“妈妈有急事要处理，两天，也就两天，完了妈妈回来陪你，给你买一个能在陆地上滑行的飞机，和你班的小朋友们在操场上玩，学会了驾驶技术，将来当飞行员，好不好？”错儿欢快地在叶青松脸上亲了一口，转身向外跑，一边跑一边喊：“妈妈给我买飞机啰、买飞机啰。”

很快消失在门外一群孩子中间。

叶青松又转脸对一脸期盼的姐姐、姐夫和女儿，抱歉地说："对不起，我原计划至少也待一个礼拜的，现在有事不得不走了，办完事立刻回来。"大姐扑过来，抱住她道："你总是这么匆匆而来，急急而去，忙来忙去图个啥呀？"二姐知道小妹的性格安慰大姐道："她就是这么个命，随她去吧。"

吃过晚饭，一家人正围坐一起看《新闻联播》，叶青松手机响了，她拿起一看，连忙接听，是陆书记啊，有什么事吗？

电话那端传来陆金生的说话声："大姐我今天开会回来，途中碰到了正散步的李春太和柴青山几个人，说起见到你和咱们见面谈到的事，他们举双手赞成。这帮老家伙正闲得无聊。咱们在一块吃个便饭，顺便聊聊咱说那个事，你看如何？"

李春太是县人大退休主任，柴青山是县政府退休主席。十年前叶青松在曹县办花生油厂时，他们就分别在人大、政协转眼间，他们已经退休了。她很想和他们见见面，谈一谈她和陆金生谈的那个床上用品项目。经营纺织品多年，在这个圈子里她有无数的朋友。如今，在古县因为查虚开虚抵，那些人尤其是周杰、杨生旺对她的态度，使她彻底寒心了。当陆金生和她说及想发挥一点余热搞企业的事时，她毫不犹豫地答应了。这件事也不过一句口头承诺，要启动总得些时日，想不到陆金生这个堂堂的即将退休的县委书记，竟当一回事儿办，并联络了几个老干部。这件事于情于理，叶青松都该立刻应允，但是古县王自强的一个电话使她不得不立刻返回古县。如果是这个时候自己不在古县，他们一定会以为她潜逃了，一定会上曹县来抓她。那个时候，她纵然浑身是嘴也说不清。她无法也把自己的真实想法对陆金生说，只好在电话里推辞："对不起陆书记，古县打来电话，有要紧事我得回去一趟，等事办完了，我立刻回来，再约你们，你看如何？"

陆金生迟疑了一下，"那好吧，你办完事回来通知我。"

叶青松决定立即返回古县，她的女儿招弟送她去车站。车刚走出叶家庄地界，她对女儿说：“离开车还有二个小时，我想到你秀娟姨那里转一圈。”

“好——”招弟调转车头，向王庄方向驶去。

王庄距叶家庄只有二三里地，王秀娟与叶青松一块上的小学，从孩童时代起，二人便产生了深厚的友谊，她们上学的时候，正赶上农业社靠工分吃饭。当时，她们还只有九岁，按年龄算只有五成，能分到大人一半的口粮，想要多从生产队领点口粮只有挣工分。所以，她们一群小伙伴，每天只有半天的上学时间。剩余的时间得到队里参加劳动，领取工分。小孩子干不了手把活，只能割青草、拾粪或者去地里打土疙瘩。这半天的上学时间对他们来说，就十分珍贵。叶青松爱学习，小小年纪就知道从书本上学习知识，她所在的学校只有一个校长两个老师，校长是不管给孩子们上课的。学校有四个班，一个老师管两个班。两个班的学生上午上学，另两个班下午来校。学校原来只有一个郑老师，另一个刘老师是校长另外招来的。刘老师是校长的内弟，论年纪他还不到二十岁，也只有小学的文化程度。叶青松曾听郑老师玩笑着说：“嗨，刘老师给总务处打了一个领条，不到二十个字的条子，居然有三个错别字。”这个刘老师恰巧是叶青松所在班的班主任，刘老师说话很幽默，讲的笑话让学生们笑得捂着肚子叫疼。

有一天，王秀娟去了叶青松的家。看到王秀娟，叶母想到了远嫁的两个大女儿，突然心血来潮，从叶青松的作业本上撕下两张纸，递过来一支铅笔，要她给姐姐写封信。叶青松拿着笔发愣，她连抬头两个字都不会写，王秀娟看到了，连忙说：“大娘，我来试试吧，你说你想说什么。”

叶母要给女儿说的，也不过几句问候话，王秀娟竟然一笔写了下来，叶母惊问：“你们不是在同一个学校上学吗？为什么秀娟行，你不行？”

母亲的话让叶青松半天说不出话，她想起了课堂上郑老师那一个个让人捧腹大笑的段子。秀娟说："大娘，这不怪青松姐，她的班主任是刘老师，刘老师对课本上的东西连他自己都搞不透彻，对学生自然没讲的。我的班主任是郑老师，郑老师常说，学生的本分是学习，你们只有半天的学习时间，要抓紧时间学习。你们看，师范毕业当老师，不用下地干活挣工分，不用提着口袋去队里领粮，一天只上半天课，到月头去教育局领工资，去粮站领口粮。那些大科学家比老师更好，拿的工资多，出门还有车坐。这是因为他们这些人有本事。你们现在学习就是学本事，半天时间要当一天用。晚上回家做作业，老师利用半天不上课的时间给你们批作业。"秀娟一口气把郑老师的话全端了出来，她的话刚落音，叶父便拍手叫道："对，这才是做老师的本分。你们郑老师好，青松那个刘老师真该换一换了，他这是误人子弟。"

"换，我一定让学校把刘老师换掉。"叶青松拍了下四个木棍支个木板的桌子，震得桌上的水碗跳了几跳，差点儿掉地下。

叶父不屑地说："哼——，就凭你？一个九岁的黄毛丫头想把老师换掉？尿泡尿照照自己的眉眼吧。"

"爸，你看着，我非鼓动同学把刘老师换掉不可。"叶青松也较上了劲。

令叶父想不到的是，叶青松所在班的三十多个学生，居然个个都听她的话。上课钟声响了，他们不进教室，却高举着拳头，到校长室门口一遍又一遍地高喊："换老师，换老师！"

刘老师是校长的内弟，他不是不知道内弟能吃几碗干饭，让一个小学没毕业的劣等生教学，也实在难为他了。之所以起用他，实在是县上派不来老师的权宜之计，想不到学生的反应会如此强烈，借此机会找教育局派来了老师，让内弟去管杂务。

想到这里，叶青松笑了，要不是当初王秀娟的几句话，她还真想不出换老师的主意。几十年过去了，叶青松和秀娟一直情同亲姐妹，每当说起那些往事，很觉得对不起刘老师。一个偶然的机会，她和秀娟在县城街上遇到了刘老师，当初刘老师忍受不了学生奋起换他的屈辱，谢绝了姐夫为自己谋的管杂务的差事，一气之下去了文工团。几年过去，他由县文工团进入了省艺术家表演团，现在已成了省内外著名的相声表演艺术家，看到了叶青松一下子抓住她的手，一迭声地说："谢谢，谢谢，如果你没有当初的举动，我不会一气之下去了文工团，跟着大师用心学习表演艺术，不会有今天的成就，是你将我逼成了人上人。难得今天相见，走！我请客，好好敬你几杯。"那天，他们三人去了县城最好的饭店，一直到日落黄昏，才摇摇晃晃地分手回家。

叶青松想着想着，不觉车已来到了王秀娟的家门口。秀娟没生育过子女，十年之前，她的丈夫亡故，如今孤身一人。叶青松早就劝她再找个伴，秀娟也想找一个，她的丈夫很优秀，比丈夫差的她不愿嫁，比丈夫好的没有，所以，一晃这么多年过去了，她还是孤身一人。王自强昨天的电话，让叶青松心里一动。王自强是个成功人士，人缘又那么好，秀娟不仅长得好，还聪明贤惠，他俩年龄又相当，何不把他们撮合在一块呢？

王秀娟看到叶青松，比看见自己的亲姐姐还亲，一边往沙发上按她，一边迭声地叫嚷："哎呀，大姐，过去咱们超不过一礼拜就得见次面。自从你去了古县，年里月里难得见一次，你真要把我想死呀你。你快坐下，我给你做你最爱吃的饭，咱们好好唠唠，今晚，咱俩还钻一个被窝，唠他个通宵。"

叶青松连忙拉她坐下，说："快别忙活了，我只能在这里待一个小时，有重要事和你商议。我想让你去古县，咱们有个伴儿，早三晚五地也能说说知心话。"

"我去能干什么，难不成你让我去你公司当总经理？"王秀娟说着，先自咯咯地笑了。

叶青松一本正经地说："不是给我当总经理，是给化工厂老板当内务大臣。"她这就把王自强的基本情况对王秀娟说了一遍。

王秀娟开玩笑说：“你说的这个王老板，既然这么有本事，人又长得不差，你也是单身，近水楼台也得先得月嘛。”

“我和他不合适，我们是同一类的人，搞起事业来能拼出性命去干。他现在需要的是一个贤内助，是一个能关心他、体贴他、为他生活分忧的人。你是最适合他的人。你只要见到他，肯定会喜欢上他。”

“我喜欢人家，人家未必喜欢我。”

“你已经快六十岁的人了，却仍像四十岁左右的女人，那么漂亮，精明强干，料理家务又能独当一面，这样的女人他去哪里找？我得马上坐车回古县，把你的照片给我，安排好了，我和他来接你。”

第二天，临近中午时分，叶青松乘动车来到了离古县最近的一个动车站，她刚走出站口，就见王自强向她招手：“喂，青松，这儿——”

叶青松快步向王自强走去。王自强笑哈哈地说：“还没吃午饭吧。”

“没有，动车上的饭我不想吃。”

“我就知道，那好吧，前边一小饭馆，就是咱们经常去的好再来饭馆，僻静，饭菜味道还不错，咱们到那坐一会吧。”

王自强开车，仅一分钟便到了。这里距火车站不远，距市区还有一段距离，街上零零星星也有几个商店，好再来饭店就在它们正中。叶青松每次外出或回古县，差不多都在这里就餐，这里是母女二人开的店，很少有大鱼大肉，差不多都是素菜，顶多有个红烧肉丝。尽管只是几样素菜，却做得别有风味，叫你这回吃了下次还来。因此，这里是经常外出人的固定就餐点，王自强和叶青松常来这里，早已和饭店老板成了熟人，进门便叫：“喂，小花，老规矩，四菜一面一汤。”小花爽快地答应一声“好嘞”，说着把他二人让进里间，顺手给二人倒了茶水。

叶青松刚坐下，便迫不及待地说：“你不是有消息告诉我吗？快说。”

“行。”王自强也不卖关子，“你想先听好消息，还是坏消息。”

“当然是好消息。”

“王生洋叫公安局抓起来了。”

“抓？为什么？借款的事弄清楚了？”

“朝阳财务室失火，他有纵火的嫌疑。”

“不是说他那天回曹县了吗？”

“那是他自己打的烟幕弹，有意给几个人说他要回曹县，实际情况是当晚住在县城郊区的一个小旅馆。临到十二点左右，他悄悄潜回朝阳，翻墙进了公司，工夫不大，又翻墙走了。他走之后几分钟财务室便着火了，不是他放的火还有谁？”

“纵火要有证据，他放火时被人抓住了。”

“没有。你是公司董事长，应清楚公司到处都安装着监控。自从车撞周玲的事发生后，公司负责安全的副经理，就又在大门到厂区的地方加了几个监控摄像头，想不到这次还真派上了用场。”

“王生洋这只老狐狸，自以为做得天衣无缝，这才是搬起石头砸了自家的脚，害人害己。”

“可不是吗？他放火刚翻墙走，便被护厂的保安发现了。这时财务室已经着火了，几个保安急得救火，派两人顺着他逃跑的方向追。追到城郊小旅馆，他刚换了衣服，提上包准备走，被两个保安逮了个正着，现在还在公安局呢。他因为借款的事哄抢公司财物，虚开虚抵他又上蹿下跳，我就不明白了，你平时待他不错，他何以对你下这么狠的毒手。”

“我是昨天回老家才知道，王生洋真名叫杨生旺，当过兵，后来……”叶青松详细讲述了王生洋的过往。

王自强愤愤地说了句：“啊，原来是这样，那是他自作自受，怪不得别人。”

“可他认为是我牵头组织人大代表，迫使法院对他采取措施，直到昨天我回曹县老家才知道他的老底。唉，人啊，其实遇着事了，不检查自己有没毛病先把责任推到人家身上。就算法院那是个金饭碗，在朝阳我给他的应该是钻石饭碗了，他还置我于死地。多么精明的一个人，做事太欠思量。”

王自强接着说：“这次他放火烧财务室主要目的是想烧毁你还款的证据。幸亏那天晚上柳叶儿只是熏晕了过去。要是柳叶儿一死，那杨生旺就不仅仅是将牢底坐穿的事了。”

“报应！唉，不说他了，说说还有什么让咱关注的消息。”

“有，”王自强接着说，“那个周杰精神病刚好一点儿，听说他爸因放火被公安抓走了，脑子一受刺激又犯病了，连他媳妇都认不得了。听说他家里准备把他送市精神病院。”

叶青松半晌没说话，现在对周杰是又痛恨又惋惜，半晌才说：“自作孽不可活，咱不说他了。说说段陆海外出调查虚开虚抵的事，有消息吗？”

“有——这一年多，朝阳虚开虚抵确实数字惊人。虽然他已调查出这件事是手下人瞒着你所为，你也逃脱不了领导的监管责任。”

叶青松紧跟着又追问了一句：“朝阳真的有虚开虚抵的事？”

“有，数目还不小，虽说有些事还有待落实，但那只是多少说话哩。不过，有一点对你有利，被调查的那些客户，都异口同声地说，谈这事时，从来没有和你接触过，大多是杨生旺陪着申娜去的。可杨生旺把这事推得一干二净，说这全是申娜自己做的决定，他根本不知情。”

一提这事，叶青松发了疯似的叫喊：“可申娜已经死了，他能把责任推给她，我能把责任也推到她身上吗？”叶青松说完站起来，在屋内来回踱步，不住搓手，连连说：“怎么办，怎么办？我以前还以为这事是他们造谣无事生非，还和那个稽查队长拍桌子，现在看起来是我胡搅蛮缠了。”

王自强走上前来，安慰她道：“别激动，事已经出了，咱们商量看怎么办？”

叶青松反问：“你说怎么办？事前我曾多次问过申娜公司经营情况，她说让我不必操心，安心治病，公司一切正常，经营好着呢。唉——我怎么能轻信一个小妮子的话，办下此等错事呢。我真是猪脑子，遇事就不多想想。”

“其实，这事也怪不得申娜，申娜虽是大学毕业，但她是学文科的，对财务管理一窍不通。再加上那个杨生旺当过多年经济庭庭长，做这种瞒天过海的事那是手到擒来。别说申娜了，就是你我，遇到知己的人暗地里给你下绊子，如果不是事情败露，做梦也想不到会发生这事。人常说知己害的知己人，这只能怪咱自个儿。”

叶青松用拳头使劲捶打自己的脑袋，说：“我真后悔，自以为周杰是我老乡，他引荐来的人也是老乡，人不亲的土亲哩，我真心待他，他也会像对待自己人那样对待我。我哪里能会想到，他们是父子，竟然瞒着我搞地下工作，时时处处为我设陷阱。我真眼瞎，居然对他们关怀备至。我该死！我该死！”叶青松说着说着，竟然扬起巴掌朝自己脸上狠狠扇去。王自强连忙拉住她，劝道：“别生气、别生气，既然事情已经出了，大错已经铸成，咱想想办法，怎么把损失降到最低，一切可以从头再来。”

叶青松哭道：“怎么降？我还有从头再来的机会吗？”

“有，眼下唯一的办法是你去投案自首。”

二十八　“青松挺且直”

“什么？”叶青松没等王自强的话落音，她就呼地站起来，衣服扣子挂住了饭桌边沿，桌子一摇晃，杯子里的茶水洒了一桌子。王自强忙叫“没关系、没关系”，一边用餐巾纸擦着桌子上的茶水，一边说：“别急别急，叫我慢慢和你说。”

这时，叶青松摇晃了一下，双手捂住脑袋，跌坐在椅子上。片刻后，她从挎包里拿出一个小药瓶，倒出两粒药，端起茶杯一口吞了下去。王自强连忙上去扶住她说：“血压又高了吧，高血压最怕情绪激动。咱不要急，慢慢说，终归会找出一个解决的办法。我是你在古县最铁的朋友、知己，我永远会站在你身边，和你分担任何事。”

叶青松把身子靠在椅背上，不冷不热地说：“那你劝我自己走进监狱，还最铁的朋友、知己呢？监狱那是什么人待的地方？进那地方还不如让我去死。”

王自强挺了挺腰板，耐心地说：“青松冷静点儿，我这可是完全为着你好。”

“好？那你就说说我投案自首的好处在哪儿？”叶青松不依不饶地说。

王自强没直接回答她，反而问：“你最近是不是还在吃药？”

“怎么不吃，每天的药比饭多，不吃药早就死了。医生劝我住院，这么些糟心事缠身，你说我能去住院吗？”

“那就好！”

“好？我生病都住不了医院，你还说好，狼心狗肺吧你。”叶青松十分生气，不由得出了粗口。

王自强也不介意，反而认真地问她：“你说截至眼前来说，朝阳已查处虚开虚抵几千万，还有几处没落实了，国家遭受这么大经济损失，你有没有责任？”

“有。”叶青松迟疑了一下，继续说，“可这么多的钱我真的不知道它去了哪儿。每次打电话问申娜，她都说公司运营正常，劝我安心养病，谁知道她——”

“可她已经死了。”

“我知道她死了，我也没想着把责任推给死人，可我实在委屈。”

“委屈也得承担责任，谁叫你是这公司的法人、老总呢。”

“可我——”叶青松口气变得软下来，带着哭腔说，“是得承担责任。不过，我不想进监狱，那不是人待的地方。自强，你是古县人，关系又那么广，求求你，帮我说说情。我知道我有错，找找他们，罚款给警告处分，怎么着都行，千万别让我进监狱。你不是说咱们是最铁的朋友、知己，帮帮我好不好？”

王自强长长地叹了口气，婉言道：“青松，我确实是在帮你，你触犯了法律，没有哪个人，即便是县委书记，他也不敢说对你罚点款了事。现在唯一的办法是，一、你去检察机关自首，如实交代自己的问题，犯了法自首与被抓捕绝对是两个不同的概念。”

“那么——二呢？”叶青松略带嘲弄的口吻说。

王自强毫不介意，接着说：“二、你各种疾病缠身，这是实情，不是咱弄虚作假，医生不都劝你住院治疗吗？高血压、糖尿病，夹杂着肾衰竭，这么多的病从人道主义出发，即便你去自首了，无论谁，他们也会考虑让你保外就医的。”

叶青松听到这，转过脸来认真地听着。

“你具备了保外就医的条件，又是自首的，我再托人说个情，你保外就医的可能性就大得多。眼下，还有两个更有利的条件，决定了你能保外就医。”

“什么条件？”

“其一，前两天，我见了你公司的诸葛林。朝阳公司近两千人，你都有很好的口碑。公司停产快一年了，这些人要养家糊口，公司就是他们的衣食父母啊。诸葛林是工人们选出的代表，他带领一些工人，打着横幅去县委政府请愿，恳请朝阳尽快恢复生产。从全市来说，古县在十八个附属县中经济是最差的一个，而朝阳是古县首个纳税大户。我从一个关系口中得知，领导对此十分头痛，待问题落实之后，你有戴罪立功的迹象，能把朝阳的经济效益翻番，可以减轻刑罚。毕竟你有罪也是经济罪，又不是杀人放火的恶性犯罪。”

叶青松长叹一口气，说：“我这一生可以说是疾恶如仇，扶贫助残，可以说为无数贫困人口解困。几十年来我可以说是光明磊落，想不到老了，自己成了经济犯罪分子，悲哀呀、惨痛呀，我恨不得将我碎尸万段。曾经的那个敢说敢为正人君子的叶青松哪里去了？”她说着说着禁不住又号啕大哭起来。

王自强立刻安慰她：“别难过，伟人还有犯错的时候呢，更何况我们平民百姓。犯错误不要紧，改了还是好同志嘛。怎么样，我劝你投案自首，能做到吗？”

叶青松抹干眼泪，对王自强说：“那还有第二呢？”

王自强不紧不慢地说：“你最近看‘头条’吗？”

叶青松长叹一口气，说：“唉，这么多烦心事 缠着我，我哪还有心思看手机。”

王自强说：“你真该看一下，我在‘头条’里看到最高检一条信息，这个信息令我激动了好几个晚上睡不着觉。”

一听是最高检上了‘头条’，叶青松也立刻有了精神，追问道：“快说说，那‘头条’都说了些啥？”

“说得多了，我没记住，只记住一条，对于咱们这些民营企业家，因各种原因犯了错的，可捕可不捕的不捕，可诉可不诉的不诉，可判实刑可判缓刑的判个缓刑。最高检发言人还说，他认为这是非常需要的，因为一个民营企业，你把他法人捕了、诉了、判了，这个企业马上就垮台，多少人的就业机会就没了。”

“真的？”叶青松忽地站起来，连呼吸都急促起来，追问道，“真的？”

“真的，”王自强也十分激动地说，“我是这么理解的，最高检这是给犯了错的民营企业家一个戴罪立功的机会。如果你能让朝阳公司经济效益再上一个台阶，我想当地司法部门一定会对你减轻处罚的。”

叶青松随即冷静了下来，摇头说：“要想经济效益翻番的话我觉得很难。”

“可以再上一个项目呀。”

“再上一个项目？”叶青松陡然来了精神，说，“对再上一个项目。我这几年经营纺织品看好了床上用品，我甚至私下里设计好了几个图案。昨天回曹县，见到了现任县委书记陆金生，他说他快退呀，计划组织几个退休老干部发挥余热，邀我参加成立个什么公司。我把我的想法对他说了，他很感兴趣。要不是你昨天的电话，现在跟我坐在一块儿的就应该是曹县的几个退休老干部了。”

王自强的呼吸不由加快了，连忙问：“你答应他们了？”

“还没，这不跟你在一块，连他们的面还没见呢。”

王自强松了口气，说：“我说呢，哪里跌倒哪里爬起来，你怎么可能丢下朝阳这一大摊子，拍屁股就走呢？”

“在古县，就这事，已把我心伤透了，我真想马上拍屁股走人。”

王自强笑着用手指着叶青松说：“你说这话就不公平了，在古县，柳叶儿、老杜还有公司那近二千名工人，哪个不是向着你？柳叶儿为保护证据，差点被火烧死。陆书记半夜组织人制止了一起哄抢事件。还有我，不说平日我待你如何，就今天苦口婆心地劝说了你这么大一阵，你怎么连一点感恩的心都没有？欺负你、整治你的可恰恰是你的曹县老乡啊。”

叶青松立刻反驳：“谁说我没有感恩之心，这不刚刚答应你，我为了赎罪，也为了报工人们的知遇之恩，我要把朝阳经济效益翻番。为实现这个目标，我努断气管，也要把床上用品这个项目上上。”

王自强立刻拍手笑道：“好，君子一言驷马难追，这可是你亲口答应了的，我这一军可真将到位了。”

“你这一军可真将到我的命门上了。为实现承诺，我一个年已六旬的老妇人，拖着个病体得奋战多少个时日呀。”

王自强站起来，来到了叶青松身边，拍着她肩头道：“你不孤单，你身后有朝阳近两千名工人，有默默关注着你的当地领导，还有我。”

“还有你？”

“对，还有我。告诉你，我那个化工厂近几年很不景气，我老伴又去世了，我把这一大摊子全交给我儿子处理，不管是转型还是拍卖，全不关我的事了。我已做出决定，和你肩并肩共同打理朝阳。”

这句话叶青松记忆犹新。好多年前，乔奇带着唯一的女儿来投奔自己，曾对自己说，我已做出决定和你肩并肩共同打理花生油厂。同样一句话，不同的是花生油厂换成了朝阳。叶青松百感交集，如果乔奇还在，眼前自己遇到这事，他又该做何处理？想到乔奇，叶青松禁不住泪如泉涌，王自强拍着她肩头安慰道：“别难过，有我呢，你的事就是我的事，按我说的做，这是你眼下唯一行得通的出路。”

叶青松想，自己现在罪责加身，逃离不是办法。那些有重大经济犯罪的，有的逃往了国外，就算是逃到天涯海角，钻进老鼠窟窿里，共产党一样会把你挖出来，此路不通。王自强说得对，投案自首，争取宽大是眼下唯一的出路，自己别无选择。她狠下心道："对，按你说的办，是福不是祸，是祸躲不过。眼下，我还有一事，关于我的好友王秀娟的事，我马上打电话给她，让她过来，成全了你们的事，我再去投案。"她说着，打开手机，翻出王秀娟的照片，又把她的详细情况说了一遍，王自强说："谢谢你对我的关心，不过这事不着急，眼下要紧的是你这事。"

"怎么不着急，我如果进去了，就算宽大，也得个时日，有她辅佐，你很快就可以把朝阳启动起来。今天就把这事办了，明天我去公安机关投案。"

王自强说："这才是我认识的叶青松，错了就应该勇敢地承担责任。既然决定了，就不要等到明天，就今天，你看如何？这种事越早越好。"

"可是，王秀娟的事我答应了她的，回古县立刻办。"

"好事多磨，你把她联系方式给我，我和她联系。你这事要紧，稽查队已外调回来，这事不能拖，咱不能失去这一立功的好机会。"

叶青松横了下心，答："好，现在就现在，迟会早会反正都是一回事。"说完这话，她长吁了一口气，像卸下千斤重担，抓起自己的手提包，跟在王自强的身后向外走。

来到酒店院内的照壁前，抬头又看到了那棵青松。她很喜欢这棵和自己名字一样的植物，它挺拔坚韧，傲视一切风寒。叶青松此刻不由对它又多看了几眼。这时，院子里一对七八岁的男孩正在朗诵诗歌，一个高点略显清瘦的男孩念道："'锄禾日当日，汗滴禾下土。谁知盘中餐，粒粒皆辛苦。'该你了，我数一、二、三，你要卡壳儿背不出来，这块巧克力蛋糕就是我的了。"他们的话还没落音，那个白白胖胖的，有一双大眼睛的男孩便脱口而出：“‘大雪压青松，青松挺且直。要知松高高（洁），待到雪化时。’”说完，径直跑到照壁的那个石台阶前，抓起放在盘子里的一块巧克力蛋糕。瘦高男孩连忙跑过去，伸手按住了蛋糕，说：“不对，这块巧克力蛋糕不该归你。你念错了，那是‘松高洁’，不是‘松高高’。”胖男孩分辩道：“我就是念的‘松高洁’，不是‘松高高’，你说我念错了，有证据吗？”瘦高男孩带着哭腔说：“你要横，明明你念的是高高不是高洁。”胖男孩还要争辩时，叶青松已从饭店门口的小卖部里拿了一盒巧克力蛋糕，笑着对两个男孩说：“把这首诗再念一遍，这盒巧克力蛋糕就是你们的了。”两个男孩听罢，并排站到了一起，双手背在背后朗声颂道：“‘大雪压青松，青松挺且直。要知松高洁，待到雪化时。’”朗诵完仍笔直地站在那，像等待将军颁奖的士兵。叶青松和王自强相视一笑，随手把巧克力蛋糕递到他们手上，转身向外走去。

后记：我写《黄土瑶》

身为女人，我在政协、人大代表参政议政的道路上，摸爬滚打了几十年，其间接触到了各阶层的无数女人。她们中间有农村妇女、政府官员，有文艺界的精英，有科研战线上的佼佼者，还有头戴各种光环的企业家，这其中的许多人都成了我作品中的人物原型。由于我长期生活在农村，所以接触的各类女人中农村妇女和人大代表为数居多。

2007年，我响应国家号召，带头组织农民成立了合作社，进行农产品加工，注册了公司，研发的山楂醋获“山西功能农产品”，自己也成了一名企业家。不在其位，不谋其政。当我真正走上了搞企业这条路，才发现企业并不是谁想搞就能搞的，耗心耗力，你付出了全身心的努力，到头来反而又回到了起点。因此，我就特别佩服那些成功的企业家的谋略、胆识和超人的经商智慧。由此，我突发奇想，写一个女企业家的成长小说。于是，我把目光对准了她们，探究她们搞企业的诀窍。在我当省人大代表期间，认识了全国劳模申纪兰，当问及大寨核桃露的创建过程时，她只回答了一句：依靠群众呗！在我有限的想象中，我无法把一句“依靠群众呗”写成一部引人入胜的小说。她是名人，有国家这个强大的后盾，也许她创业的过程会一帆风顺。于是，我把目光转向了身边的女企业家——她们有搞旅游的，搞养殖业的，做药品的，都是当时响当当的企业精英。

写作中，我遇到了难题：怎么选取素材？在情节的发展过程中如何展现人物性格？有一年，国家在调查纺织行业虚开虚抵的问题，我市就好几家被查。一时，从这几家被查的企业中传出好多骇人听闻的事，我立刻意识到这是一个好的素材，有矛盾有冲突，有利于小说情节的发展。这些人虽然被查，他们有错误，但人非完人，他们身上还是有许多的闪光点，是很有故事的人。接着，我又进一步从其他企业家身上，寻找人性的真善美，把他们身上诸多的闪光点，集中到小说主人公叶青松身上，极力塑造一个有胆有识、有谋略，又有正义感，敢说敢为的女企业家形象，把她的成长过程、婚姻家庭、创业的酸甜苦辣，以小说的形式展现出来，使叶青松这个人有血有肉，有欢乐有悲哀，是一个实实在在的人，一个平凡的人。

这就是我写这部小说《黄土瑶》的初衷。

宋玉秀

女，1944 年生，山西省绛县南樊镇北柳村人。

山西省作家协会会员，山西民间文学研究会会员，

山西省七、八、九、十二届人大代表，被誉为锅台边的女作家。

现任绛县南樊镇玉秀山楂专业合作社理事长。

主要作品

短篇小说

《三女拜寿》等三十余篇

长篇小说

《奶头山下风云录》《劫情》

《屋檐下的亲情》《涑水源》《追梦女人》

电视剧本

《收获柿子的季节》《我们村的人》《重托》《尧王》

……